軍艦島へ

山形暁子
Yamagata Akiko

民主文学館

光陽出版社

目次

軍艦島へ

元会長が死んだ夜

一

　銀行の一階営業場の奥まったところに、ガラス張りの小さな部屋がある。回金室と呼ばれる、その部屋は、窓口担当者《テラー》やＡＴＭなどへの現金出納を統括的におこなう部署であった。そして、そこは、あと七カ月で定年を迎える須賀真一の働く場所でもあった。

　回金室には、大きな支払に備えて、常に億を超える現金が保管されているため、関係者以外の立ち入りは禁止となっていた。関係者といっても、回金チーフである須賀のほかには、この四月に短大を出て入行してきた木村聡美がいるだけだった。

　その彼女も、札勘定《サッカン》や加算機など一通りの技能をマスターすれば、通例によって、まもなく係替えすることが決まっている。「チーフ」という肩書きがあるものの、須賀がたった一人で切り盛りしなければならないところなのだった。

ほかに入室が許されているのは、業務課長と次席、それに須賀と同資格の三十代の男性証印者ぐらいだ。昼休みの交代時、自動コーナーへの現金補填が必要なとき、あるいは締め上げ時の現金検査のとき、そんな場合にかぎられていた。

支店内を見渡しても、五十歳を超える男性といえば、五十九歳の須賀を除けば、五十三歳の副支店長がただ一人。大方の行員たちは、銀行が命ずる出向に応じるか、さもなくば五十五歳になる前に、その出向先に再就職する道を選んでいたからだ。

行員たちのあいだでは、この回金室のことが、ひそかに「ガラスの檻」とささやかれたりするのも、そのことと無関係ではないだろう。だが須賀は、ときに嘲りや蔑みの視線を感じることがあっても、素知らぬふりをした。どんなときも泰然と構えていた。

開店のシャッターが上がって一時間ぐらい経ったころだった。一万円札の整理をしていた須賀は、ふと顔を上げ、ガラス越しにロビーのあたりを眺めた。こんな梅雨の最中でも、ロビーにはけっこう人があふれていた。

明日が末日のせいもあったが、須賀には彼らがすべて定期預金を解約に来た顧客に見える気がした。あの事件が明るみになって以来、もう一カ月以上もかつてない預金流失が続いているのだった。

定期預金の窓口では、入行四年目の平山裕子が、裕福そうな身なりをした中年の女性に向かって、しきりに頭を下げているところだった。また中途解約なのかもしれない。つい先刻も、五百万円の大口解約があり、裕子の元へ現金を運んだばかりだった。

そのとき、すみません、と須賀に言って、現金を受け取ったときの裕子の横顔が、ひどく青ざめ、むくんでいるように見えた。負けん気の強い彼女のことだから、体調がすぐれないのを無理して出勤しているのに違いなかった。

どこの支店でも、有給休暇は取らないことを前提にしたかのように、正規行員の数がぎりぎりに減らされていた。転勤や退職があっても補充されないことが多かった。だから、休むなんてのはもっての外、風邪で休んでも、罪人扱いをされるありさまだった。

おまけに、昨日の朝礼の場では、いまは非常事態なのだから、一致団結をして乗り切ろう、と副支店長から檄を飛ばされたばかりだった。彼女が子どものころ、ネフローゼを患ったことがあると聞いているだけに、須賀は気がかりだった。

須賀の背後では、聡美が硬貨を種類別に分けたり、五十枚ずつ包装したりする機械を操作しながら、外からかかってくる電話の取り次ぎをしていた。

「どうも、ご迷惑をおかけいたしまして、申し訳ございません」と、丁重に謝っている声が聞こえたかと思うと、しばらく経って、

「もう、いや。なんでわたしが怒られなくちゃいけないのよ。もう、電話なんか取らない

から」

受話器を置いたとたんの聡美の言葉だった。

続いて、「ね、須賀さん、いいですよね」ときた。そして、須賀のほうに歩み寄ってきて、傍らに立つと、

「だってね、須賀さん、どちらへおつなぎしましょうか、と言ったとたんに、おまえの銀行はどうなっているんだ。おれたちの預金には、ただ同然の利息しか付けもしないで、総会屋には無担保、無利子で三百億も大盤振る舞いか。庶民を馬鹿にするんじゃない、そんな銀行なんか潰れっちまえ、って、いきなり怒りだすんだもの」

と一気に憤懣を吐き出すのだった。

須賀は笑って、冗談とも本気ともつかない調子で言った。

「ごもっともです。お客様のおっしゃるとおりです、申し訳ございません、と言って、謝っておけばいいいんだよ」

「そんなこと、言えませんよ」

聡美がことさら口を尖らせる。

「そうだな。入行して、まだ三カ月だもんな。新人には可哀相な電話だったかもしれないな」

「でしょう。わたしたち、可哀相すぎる。新人なのに、ちっとも大事にされないんだもの。

同期のＭくんだって、こんな銀行に入るんじゃなかった、って、言ってるんだから」

「わかった、わかった。こんど、変な電話がかかってきたら、ぼくにすぐ回していいから」

「ほんとう、じゃあそうする」

聡美は大人びたエキゾチックな顔に、新入らしい二十歳の表情を浮かべた。

そんな会話を交わしているうちにも、あちこちで電話の音が鳴り響いている。

「ほらっ、電話っ」

自分の席から後ろを振り向いて、大声を出しているのは、業務課の次席だった。

長いこと渉外の仕事に携わってきた彼は、第二次オンラインから、最先端技術を駆使し第三次オンラインに移行した事務の流れについてはいけないらしく、あんなふうに次席の立場を誇示することしか知らないようだった。その点は、黙々と仕事を処理する課長とは対照的だった。

営業場の真ん中あたりに、課長と次席が並んで座っている役席があり、その後ろが支店長席、さらにその後ろに続くのが、預金や為替の後方事務を担当する業務センターだ。支店長と副支店長は二階の席にいることが多いので、その席に座ることはめったになかった。が、為替の受信機や送信機、オンライン機器などに囲まれた業務センターには、ベテランの女子行員一人と派遣社員四人が向かい合って仕事をしていた。彼女たちはいちいち指図されるまでもなく、率先して電話を取っていた。

「ああやって、どなってるひまがあるなら、自分で取ればいいのに」

聡美がそうつぶやくのを耳にとめた中年の派遣社員が、アーチ型の窓口の向こう側で、くすっと笑った。小柄でぽっちゃりした顔の彼女は、声をひそめて言った。

「ほんとよね。みんなそう言ってる。あんなに大きな声で、お客さんに聞こえたら、みっともないわよね」

すると、また次席の声だ。

「おい、新人、おしゃべりなんかしてないで、早く電話に出なさいよ」

「新人だって。ちゃんと名前で呼びなさいって言うの。ますますやる気がなくなっちゃう。硬貨がジャラジャラうるさいなかでやってるのを知らないのかしら」

聡美はぶつぶつ言いながらも、ふたたび硬貨整理機のほうへもどっていった。

派遣社員は、ここへやってきた用事を思い出したかのように、

「須賀さん、お願いします」

と、「平山」の印鑑が押された回金票を、カウンターに置いた。席を立てない裕子に代って、彼女が持ってきたのだ。金額は五百万円。やっぱり、大口定期預金の解約だったようだ。

「わかった。いま、持っていく」

彼女は、「お願いします」と言って、せかせかした歩き方で自分の席へもどっていった。二枚複写の回金票は、上が「受」で、下が「渡」と表示されている。テラーと回金チーフ、もしくはテラー同士の現金の受け渡しに使われるものだった。

須賀はトレーから百万円の束を五つ取り出すと、回金票の「受」を持って、定期預金窓口の裕子の元へ運んだ。

毎日こうして、何回、彼女とのあいだで回金票が行き交うかしれなかった。回金室に保管された一万円札の束は、またたく間に消えていくのだった。百万円を十束まとめた一千万円の塊がごっそり出ていくことさえあった。

通常、大口の支払があって、手持ち現金に不足が生じた場合、近隣の支店から融通してもらうことができた。だがいまは、三百五十店を超える全支店が、同じ状況下にあるのだから、そういうわけにはいかなかった。

須賀は都心にあるこの支店でもう十年以上、回金班チーフの仕事に携わってきた。前任店でも、前々任店でもそうだった。いくら見せしめとはいえ、三十三歳から六十歳まで、二十六年にもわたって、回金室に閉じ込められるような行員は、全店中を探しても、いるはずはなかった。

もっとも須賀は、行員たちが詮索するほど、この仕事を嫌ってはいなかった。むしろ楽しんでやっていさえする。どんな仕事であれ、誰かがやらねばならない仕事であるからには、意味のない仕事なんてありえない。それが須賀の持論だからだ。

けっして負け惜しみなんかではなかった。静脈からもどってきた血液を動脈に押し出す心臓の働きが、生命の維持に欠かせないように、回金室の存在を抜きにしては、銀行は一秒たりとも営業を続けることはできないのだ。

そんな仕事へのスタンスで、行員とのつながりを大切にしながら、須賀はここまで歩いてきた。そんな須賀でさえ、手持ち現金にあくせくする、こんどのような経験は初めてのことだった。

報道によれば、地方自治体からの取引解消や縮小の通告があとを絶たないようだった。定期預金の解約は、すでに二千億円にもおよぶものといわれていた。

こうした事態を招いた大元の事件そのものが、金融史上、未曾有の一大企業犯罪といわれるものだったのだ。

二

東京地検特捜班が、総会屋への巨額不正融資の疑いで、大光銀行の専務室など十ヵ所の捜索に入ったのは、五月下旬に入ってすぐのころだった。

六年前、広域暴力団への一千億円もの債務保証をしたり、政治家など大口投資家への損失補填をしたりして問題となった野田証券が、こんどは総会屋への利益供与事件を引き起こし、それが大光銀行へ飛び火してきたのである。

野田証券の株を三十万株も保有する小杉という総会屋がいた。彼は大株主としての地位を利用して、野田証券から五千万円の利益供与を受けていた。さらに彼は、四大証券と呼ばれる他の三証券の株も三十万株ずつ保有し、証券界ににらみを利かせる存在となっていた。その小杉に三十一億円もの株購入資金を無担保融資同然に提供していたのが、大光銀行だった。

事件はそこだけにとどまらなかった。捜査の進展が深まるにつれ、大光銀行と総会屋小杉との二十年以上も前から続く黒い癒着の様相が露わになっていったのである。

大光銀行から、小杉に融資された総額は三百億、いや時効になった分も含めれば五百億とも報じられていた。その小杉の後ろ楯になっていたのが、右翼の親玉とのつながりが深い大物総会屋鬼頭であった。

鬼頭はすでにこの世にはいない人物だが、生前には、大光銀行の歴代の頭取、副頭取が毎年年頭のあいさつにいっていたといわれる間柄だった。

「歴代の総務部長が、鬼頭氏と懇意な関係を結び、大事なお客だということで、二十年以上にわたってその呪縛がとけなかった。銀行が毅然としていれば、いつでもとけたはずなのに、なぜとけなかったのか。そこを徹底的に解明する決意があるか」

五月末に開かれた参議院予算委員会の場で、参考人として出頭した元会長と現頭取にたいして、そう質問の矢を放ったのは、日本共産党の本橋議員だった。

須賀は、このときの一問一答の模様を、『しんぶん赤旗』の記事で読んだ。須賀がとりわけ心に留めたのは、先の質問にたいする元会長鹿島晃次の答弁であった。

「たたかうべきところをたたかうのは当然なことだと思う」

この言葉は、何を意味するのだろうか。須賀には判然としなかった。実際に、この答弁のあとに何らかの言葉が続いたのかどうかも定かではなかった。

ただ新聞の記事は、この答弁のあとに、「いままでお叱りを受けた体質の改善を本格的な決意をもってやる」

という現頭取の答弁で締めくくられていた。

つまるところ、前者は、「なぜとけなかったのか」の答弁であり、後者は、「そこを徹底的に解明する決意があるか」の答弁として読み取られるべきなのであろう。鹿島晃次は、そのあとを黙して語らなかったのかもしれない。須賀はそう推察した。

鹿島が語らなかったところにこそ、事件の真相を解く鍵が隠されているに違いなかった。巨大な闇の勢力に理性をねじ伏せられ、屈服せざるをえなかった鹿島の人生が、そこから透けて見えるような気がした。

須賀が、鹿島の答弁にこれほどまでこだわらずにいられないのは、忘れもしない、いまから二十六年前、四十一歳だった鹿島が、三十三歳の須賀に向かって言ったある言葉と、妙に共鳴しあう響きが聞こえてくるような気がしたからである。

「信念を貫くということは立派なことだ。行く道は異なるが、わたしは陰ながら応援するよ」

次長であった鹿島のその言葉は、須賀が神戸支店から東京の支店へ転勤する前日の夜、思いがけなくも、彼が一席もうけてくれた送別の場であった。同席していたのは、須賀が所属していた融資課長だけだった。

考えてみれば、その転勤自体がまったく意表を突くものであった。鹿島から支店長室に呼ばれたのは、その十日ほど前のことだった。またそれは、大同銀行と光陽銀行とが合併して、世界のトップバンクに躍り出る一カ月前のことでもあった。

支店長室で待っていたのは、鹿島一人だった。鹿島は須賀の融資課での仕事ぶりを褒め、きみは優秀な人間だと、何気ない口調で言った。

「わたしが見込んだとおりだった。融資は誰でもやれるというわけではないからね」

そうも言った。

やはり融資課への配置転換には、直接、鹿島の意思が働いていたのか。若くして従業員組合の中央執行委員長をやりとげた人間のやりそうなことだ。声を荒らげたことのない穏やかな人柄と、端正な顔立ちの奥に、もう一つ別の人格と顔が隠されていることに気づかされる思いだった。須賀は口を閉ざしたまま、鹿島の顔を見つめた。

渉外課から融資課への配置転換の発令が出されたとき、これは新手の「アカ」攻撃に違いないと、須賀は直感した。

融資課といえば、十時、十一時までの長時間サービス労働が当たり前のようにまかりとおっているところだ。おれは二人の社長を殺したよ、と会社が倒産し、生命保険自殺に追いやられた中小企業の経営者のことを、そんなふうにあっけらかんと酒の席で話す行員がいるところだ。「金を貸してやる」立場から、ときに、ストライキへの干渉や、人員整理の指示までしなければならないところだとも聞かされていた。

エリートの仕事とみなされる、そういう部署へ配置することで、銀行は労働者との分断を図るだけでなく、須賀をたたかわない人間に改造しようと企んでいるのではないだろうか。もしそうだとしたら、銀行の思うツボには、断じてはまるまい。須賀はそう決意を固めた。

仕事はもちろんきちんとやる。だが、融資する側の権威を振りかざすようなことは絶対にしない。中小企業や零細企業の発展を守り、彼らの利益に役立つような、融資のありかたを自分なりにめざす。そして、組合活動はどんなことがあっても、手を抜かない。労音、労演、山歩きなどのサークル活動もおろそかにはしない。須賀はその姿勢をかたく守りとおした。

さすがに定時退行はむずかしく、週に一回の「早帰りデー」を一人で実行するのが精一杯だった。日中はどうしても接客や外訪に追われるため、それ以外の日は、時間外勤務をせざるをえなかった。が、自分への許容限度は七時ときめ、残業した二時間分は、かならず時間外手当を請求することを忘れなかった。

そんな須賀にたいして、支店長も、次長の鹿島も、融資課長も、干渉めいたことは、何ひとつしなかった。だが、昇給・昇格が決められる四月には、彼らの自分にたいする評価は、歴然としていた。同年令で同期の男性が、主事や主任主事に昇格していっても、須賀は事務職の主事補に据え置かれたままであり、昇給は常に最低ランクに貼り付けられた。

それでいて、きみは優秀な人間だ、なんて、よくも言えたものだ。いったい何のために呼び出されたのか、須賀は怪訝に思うばかりだった。

やがて、鹿島はおもむろに口を開いた。

「きみも承知のように、これから当行も新しく生まれかわる。まさに金融再編成の先駆けとなるわけだ。そこで、きみに聞いておきたいのだが、きみの企業にたいする考え方は変わらないのかね」

予想もしない問いかけに、須賀は驚いた。だいいち、「企業にたいする考え方」と言われても、共産党員を名乗って活動しているわけではなかったし、政治的な主張を何かに公表しているわけでもなかった。

それは、どういう意味ですか。思わず、そう言いかけたが、須賀は言葉を飲み込んだ。鹿島なら、思想信条の自由を侵害する言動を慎まねばならないことは、十分わきまえているはずだ。あいまいな表現を使ったのは、そのために違いなかった。

「変わりません」

須賀は、憮然としてそう答えた。

「わかった。聞くだけ、野暮だったな」

鹿島は、静かに笑ってみせた。彼のほうも、それ以上は何も言おうとはしなかった。

須賀に転勤の発令が出たのは、その奇妙な会見から一週間あとのことだった。

こうして須賀は、八年ぶりに東京へもどることになった。男性なら三十歳前後でなれる主事という最下級の管理職に昇格したのは、須賀が四十一歳のときだった。そして、それがそのまま、ずっと続いた。

一方、同じ四十一歳ですでに支店次長だった鹿島は、合併の半年後には、銀行の中枢部門である企画部参事に大抜擢されることになる。そして、合併から十七年後には頭取に就任。創立二十周年を迎えた翌年の一九九二年には、ついに会長の座にまで登りつめたのだった。

鹿島があのとき、須賀のためにわざわざ一席をもうけてくれ、ぬくもりを感じさせる「はなむけ」の言葉を送ってくれたことを、須賀は折にふれ思い浮かべた。毎年、従業員組合の中央執行委員に立候補しようとするときもそうだった。自らを律したいとき、鼓舞したい思いに駆られたとき、きまってあの言葉が脳裡に甦ってくるのだった。

だが、あの時期に、鹿島は一方の手を須賀の肩の上に置いてみせながら、もう一方の手は、黒い闇の勢力と固い握手でつながっていたのだ。いったい、どちらがほんとうの鹿島だったのだろうか。

そんなふうに、鹿島の内面の深層を探りかねているあいだにも、事件は拡大の一途をたどっていた。総務部関係の役員が逮捕されたかと思うと、引責辞任をした頭取の後継者に内定していた副頭取までが、逮捕されるにいたった。すでに逮捕者は十人となっていた。

大光銀行の経営機能は、完全に麻痺状態となった。支店にはいかなる通達も下りてこなければ、広報部で作成され、朝礼の場で流されるビデオも送られてはこなかった。行員たちが得られる情報といえば、新聞やテレビを通じてでしかなかった。身体を折り曲げ、頭を深く垂れている経営陣の姿を、行員たちは繰り返し見なければならなかった。しかし行員たちは、そんなことを職場で話題にする者はなく、一様に口を閉ざしていた。

三

その日、雨は一日中降り続けた。

須賀が千葉M市にあるマンションに帰宅したのは九時ごろだった。ダイニングルームのドアを開けると、妻の牧子と二女の春奈が、真剣な面持ちで何やら話しこんでいるのが目に入った。

その光景は、いつも十二時前後にしか帰宅しない自分と、春奈との関係にはついぞないものだった。テーブルの上には二人の湯呑みがあり、空になった和菓子の小皿が二枚置かれていた。

須賀の顔を見るなり、牧子が口を開いた。

「あなた、鹿島さんが亡くなったわよ」

「えっ、あの？」

「そう、元頭取の鹿島さんよ。首つり自殺ですって。テレビで言ってたわよ」

「そう、知らなかった」

「特捜部の事情聴取を受けていて、一週間ぶりに家に帰った、その日の夜の自殺ですって。遺書にはね、『身をもって責任をまっとうします』と書かれていたそうよ。びっくりでしょう」

「ああ、驚いたな」

「今日も事情聴取の予定だったそうよ。もう十人も銀行の幹部たちが捕まっているんですもの。追い詰められて、死ぬよりほかなかったのかしらね」

牧子は顔をしかめるようにして言った。

「まあ、そうだろうな」

須賀は上着を脱ぐと、冷蔵庫の中から缶ビールを取り出してきた。フタを開け、喉へ流しこんだ。

「だが、彼が死んだことで、救われた人間がずいぶんいるんじゃないかな」

須賀がつぶやくように言うと、

「それって、どういうこと」

牧子が驚いたような目を向けた。

「だってさ、こんなに莫大な額の不正融資があったことを、監督官庁である大蔵省が知らないはずはないし、日銀だって同じさ。それに総会屋と金融機関との癒着は、何も大光だけにかぎったことではない。氷山の一角なんだよ。そうした腐敗の構図にまで、捜査のメスが加わることはおそらくないだろうし、これで打ち切られてしまうはずだ。鹿島さんの自殺は、そういう役割を果たすことになるんだよ」

そうなんだ、と言って、つかのま考え込むようにしていた牧子が、不思議そうな顔をして言った。

「でも、どうして大光銀行だけが、槍玉にあげられてしまったのかしら」

「うん。ぼくもそのことに、ずっと引っかかっていた。でね、こう考えたんだ。昨年、橋本首相が、『金融ビッグバン』という金融改革を提唱したでしょう」

「うん。でも、むずかしくて、よくわからないわ」

「そうだろうね。あれは言ってみれば、政・官・財が一緒になってやろうとする国家的リストラともいうべきものなんだよ。大光は、この大きなシナリオづくりの網にかけられた獲物だったのではないか、とぼくはみているんだけどね」

須賀はそこまで話すと、立ち上がり、もう一杯、飲もうかな、と言いながら、冷蔵庫のほうへ歩いていった。

「あら、話すのに夢中で、ごめんなさい。ししゃもでも焼こうか？　それとも、筍を煮たのならあるけど」

「ああ、それでいいよ」

煮物をいれた小鉢をテーブルの上に置きながら、牧子は話の先をうながした。

「政府がねらう、『金融ビッグバン』の構想というのはね、いまある都市銀行を三行か四行にしてしまおうとするもので、これは何よりアメリカが日本にやらせようとねらっていることなんだ。日本は何でもアメリカの言いなりだからね、絶対にやめるわけにはいかない。そうなると、存亡の危機に見舞われる銀行を、どうしてもつくりださなければならない。ねらった銀行が、大銀行であればあるだけ、ビッグバンの計画は大きな説得力をもつことになる。わかるよね。現に大光がいま陥った状況が、それを見事に物語っている。いくらトップが替わったところで、失った信頼をとりもどすことは容易ではない。早晩、どこかと一緒にならない限り、生き残るための活路は見出せなくなる。そこまで見通して、ねらわれたのが大光だったと、そう考えたんだ」

「わあ、お父さんの分析力、すごい」

黙って耳を傾けていた公務員二年目の春奈が、感心したように声をあげた。

「だてに四十一年も銀行員をやってはいないさ」

「そうなんだ。それにしても、お父さん、いつもより、帰りが早いんじゃない」

「事務所へ寄ってたんじゃなかったの」

牧子が付け加えた。

「いや、実は、今日はデート。二十歳のレディに付き合ってきたんだ」

「ええっ、信じられない。選りにもよって、何でお父さんみたいな」

「年寄りをと言いたいんだろう。でも、誘ってくれたのは、彼女のほうなんだぞ」

ますます信じられないといった顔をする春奈に、違う、違う、とでもいうように、牧子が手を左右に振っている。

「二十歳といえば、今年、短大を出て銀行に入った人じゃない？　きっと何か相談があってのことでしょう。こんな騒動の中だし」

「さすがだね。察しのとおりだよ。彼女、木村聡美というんだけどね、夕食を一緒に付き合ってくれないか、と頼まれたんだよ。ぼくも思わず、何で、と聞いてしまったよ」

春奈と牧子の表情は、「それで？」と話の先をうながしている。

「するとね、彼女がこう言うんだ。うちはホテル家族なので、家へ帰っても食べるものが何もないんだって。あとで、聞いてわかったんだけどね、彼女の両親は共働きなんだが、二人とも管理職で帰りが遅い。それで、めいめいが外ですましてくる決まりになっているんだそうだ。彼女が高校生のころ、訳あって祖母の家で暮らすことになって、短大もそこから通っていたんだって。そのあいだに、彼女の兄が自衛隊に入ったりして、夫婦の仲に亀裂がはいってしまったらしい。いつ離婚することになっても、おかしくない親たちだから、自分もひとりで生きていける人間にならなくてはと、すごく冷静なんだよ」

「まあ、わたしより年下なのに、ずいぶんしっかりしている人なのね」

「そうなんだ。で、彼女にこう聞かれたんだよ。この銀行で働いていく意味があるか、ってね。人は見かけによらないと思ったよ」

「見かけはどんなふうなの」

春奈が尋ねた。

「そうだな、顔は浅黒いけど、なかなかの美人だよ。雰囲気が大人びて見えるせいか、生意気な印象を与えるんだろうな。それに、物怖じせずに、何でもずけずけ言うから、男性たちには、あまり気に入られてはいない。おまえ、来るところを間違えたんじゃないのか、なんて、平気で言う奴もいるくらいだからね。でもぼくは、年相応に可愛いい彼女の一面を知っているから、いいよ、って承諾したわけなんだ」

それに彼女と一緒に仕事をするのも、あと少しだからだった。須賀さん、わたし、あそこを出たあとも、手伝いに来るからね。別れ際にそう言ってくれた聡美の言葉が思い出された。

「なるほどね。何でお父さんだったのか、何となくわかるような気がする」

「へえ、何でだ」

こんどは、須賀が春奈に尋ねる番だった。

「だって、わたしは事業所の総務課で、もう一年半も同じメンバーで働いているのよ。でも、わたしはいまだに課長のことも、主任のことも、どんな人間なのか、まるでわからないの。いまはもう、彼らと仲良くしようなんて気が全然起こらないけど。でも、その彼女はきっとお父さんのなかに、自分を受け止めてくれそうな、何かを感じたのよ」

「そうかな」

「そうだと思う。わたしが、なぜそう思うか、聞きたい？」

「ああ、聞きたいね」

「わたしは、お父さんのこと、あまり知らなかった。だって、家へ帰ってくるのは、いつもわたしが寝たあとだったし、日曜日も出かけることが多かったし、たまに人を連れてきては、お母さんにお料理を用意させて酒盛りをしていたし。飲むと陽気になるお父さんと、家のことは何でも、お母さんに任せっ放しのお父さんしか、わたしは知らなかった。お父さんは企業戦士ではないけど、家族を犠牲にする点では同じ、共産党戦士じゃないのか、って。そう反発していた。でもね、さっき、わたしが知らないお父さんのこと、お母さんがいっぱい話してくれたの。だからよ」

そうか、とうなずく須賀に、牧子が説明を加えた。

「鹿島さんのニュースを二人で見ているうちに、何となくそういう話の流れになっていったのよ。ちょっと格好よく言い過ぎたかも。わたしの本音も言わなかったし」

いったい牧子は、このぼくについて、何を話したのだろう。そう訝りつつも、若いころの牧子によく似た、澄んだ目をもつ春奈の顔を見つめるうちに、ふと口が開いていた。

「春奈、あの鹿島という人とぼくたちにはね、何か不思議な縁があるんだよ。人生の重大な岐路に、いつもあの人が目の前に現れるんだ。聞いたかな。昭和三十八年、オリンピックが東京で開かれた年だ。ぼくたちが結婚してまもなく、このぼくだけに静岡への転勤命令が出てしまって、別居配転闘争をおこなう羽目になったこと」

「うん、聞いたよ。お父さんはどこの支店でも、共産党の仲間をたくさん増やしてしまうので、みんなから切り離すためだったんでしょう」

「まあ、それもあるけど、当時はまだ共働きの前例がない時代だったからね。銀行は何としてもおかあさんを辞めさせたかったんだよ。ところが、このおかあさんは気丈な人でね、ぼくが発令通知を受け取ってきてしまったのを、わたしはずっと働き続けるのだから、そんなもの受け取っちゃだめ、返してきなさい、と言うんだよ」

「で、どうしたの？」

「言われたとおり、返しにいったさ。でも転勤を拒否すれば解雇されかねなかった。しかたなく単身赴任したよ。ところが、そこには家族寮はあっても、単身者の寮はないんだ。三週間ぐらいしてやっと安普請の三軒長屋みたいのが建てられて、ぼくが真ん中で、両隣は監視役の職制たちだ。二十四時間体制でぼくを見張るために、わざわざ単身赴任させられてきた人たちだ。ひどいことをするだろう。銀行というところは」

「ほんと。でも、お母さんもすごい闘士だったのね。見直しちゃう」

「そうだよ。当時は組合の下部組織で婦人部というのがあってね、そこが組織をあげて、おかあさんのたたかいを支援してくれたんだよ。だけど、親組合が銀行べったりだからね。人事権にまで組合は口を出せないという態度なんだ。そのときの従業員組合の中央執行委員長が鹿島晃次だったんだよね」

「そう。それで涙を飲んで退職せざるをえなかったのよ。他の企業でも、まだこういうたたかいの前例がない時代だったしね」

そうだった。だが、このときのたたかいがあったからこそ、のちに同じような攻撃をかけられた二組の共働き夫婦が、晴れて同居をかちとるまで、あきらめることなくたたかいを進めることができたのだった。

四

牧子がふと立ち上がったかと思うと、赤ワインを手にしてきた。

「春奈、わたしたちも飲まない？」

「飲む、飲む。それ、どうしたの」

「友だちからのお土産よ。あなたも飲む」

「ああ、もらおうかな」

牧子は三個のワイングラスにワインを注ぎながら言った。

「何だか、今夜は不思議な夜よね。三人でこんな話、したこともないのに。まるで鹿島さんが引き寄せてくれたみたいね」

「それじゃあ、不思議な夜に乾杯」

春奈がグラスをかかげて言った。

「いや、こういうときは、献杯というんだよ」

須賀がそう言うと、牧子がしみじみとした調子で言った。

「そうね。鹿島さんの遺されたご家族のことを考えたら、乾杯なんて言えないわね。鹿島さんだって、何となくお気の毒に思えるしね」

そうだな、と須賀も応えた。

三人は神妙な顔をしてグラスをかかげ、それぞれが、「献杯」と口にした。

しばらくしてから、須賀が思い出したように牧子に尋ねた。

「ところで、さっき、わたしの本音と言ったよね。あれはどういう意味?」

ああ、あれね。牧子はしばらくためらった後に、

「この際だから、言ってしまおうかな」

思い切ったように、言葉をつないだ。

「本音というより、そうね、もう一人のわたしといったほうがいいかな。要するに、このわたしにも、もう一人のわたしがいるってことを言いたいだけよ。さっき、ホテル家族の話が出たわね。あなたたちは、よそ事だと思っているでしょうけど、うちだって、そうならないとはかぎらないのよ。わたしがね、一人で夕食をとっているとき、何だか空しくなってきて、このままどこかへ行ってしまいたいって、ふと思うことがあるのを、知らないで

しょう」

　須賀は何と応えようかと、心のなかであわてていた。春奈は春奈で、わたしもお父さんと同罪か、と不本意そうにつぶやいている。

「わたしは、自ら望んで夫の扶養家族になる道を選んだわけじゃなかったけど、真ちゃんには絶対に負けてほしくなかったし、がんばる真ちゃんが好きだったから、どんなことがあっても、真ちゃんの足を引っ張るような存在にはなるまいと心にきめてきた。だから、四人の子どもの世話を任されたことも、いくつもパートの仕事を変えなければならなかったことも、苦にしたことはなかった。それがわたしにとって、真ちゃんと一緒に銀行とたたかうことだと考えていたから。なのに、ここへ来て、どうしたわけか、自分だけが置いてきぼりをくわされたような、心細い気持ちになってしまうのよ。定年後はどうせ真ちゃんのことだから、また後進のために奮闘する毎日になるんでしょう。それはそれでいい。真ちゃんの人生なんだから。だけど、わたしにも、わたしの人生がある。そう思いたいの。だから、もう夫を支える妻の役割は、卒業させてもらってもいいわよね」

　酒がはいっているとはいえ、いつにない牧子の物言いに、須賀は不意打を食らったような衝撃を受けていた。

　職場では、あちこちの支店で、牧子の後輩にあたる女性たちが、結婚したのちも子どもを生み育てながら、懸命に働き続けていた。

温和でユーモラスな人柄と目されてか、須賀は彼女たちの活動上の悩みに付き合うことがよくあった。そんなとき、一様に浮かび上がってくる問題は、夫の側の働く妻への理解の足りなさと、それを埋めるべくコミュニケーションを紡ぐことの困難さであった。

翻って、自分はどうだったのか。自分は牧子がはらう健気な努力の上に、ただ漫然と胡座をかいてきただけではなかったのか。そんな思いが一挙に頭の中を駆け巡っていた。

「ああ、もちろんだよ。自己変革を求められているのは、ぼくだっていうこと、痛いほどわかったよ」

須賀は実感をこめて、そう言った。

牧子がいつものように、冗談で切り返してこないだけに、彼女の切実な思いが、いっそう深く、須賀の心に食い込んでくるようだった。

ソファーに移って、所在なげに親たちの話を聞いていたらしい春奈は、牧子に入浴をうながされ、部屋を出ていった。

やがて、テーブルの上を片付けだした牧子に、須賀はまだ帰宅していない二男の憲二のことを尋ねた。

週に三回、焼肉レストランでアルバイトをしていることは前に聞いていた。

「大学のほうは大丈夫なのか」

「本人は大丈夫だと言ってるわ。あの子、うちが大学に子どもをいかせられるような経済状態ではないことを、よく承知しているのよ。わが子ながら、感心しちゃうわ」

牧子は、いつものおおらかな表情をとりもどしていた。

「話したのか。銀行の五十五歳問題」

「ええ、話したわよ」

当然でしょう、と言いたげな口ぶりだった。

大光銀行には、行員が五十五歳になると、給与もボーナスもカットされ、年収で四、五十パーセントも減額されてしまうという人権無視の制度があった。定年延長と抱き合わせに導入されたものだった。が、アメリカでは四十年前に法律で禁じられているものだった。

須賀たちは、この年齢を根拠とした雇用差別を「五十五歳問題」と名付け、その撤廃と処遇改善のためにたたかっていた。

五年前、須賀が五十四歳のとき、頭取から会長になったばかりの鹿島晃次に、その制度への批判の意見を述べた便箋六枚の手紙を書いたことがあった。

鹿島への手紙は、むろん、仲間たちとの討議のなかできまったことだった。だが、形式ばった抗議文や要請書の体裁にとどめずに、書き出しに私信のような趣向を取り入れたのは、須賀自身の考えだった。

時候のあいさつには、水原秋桜子の「初夏の山立ちめぐり四方の風」を引き、鹿島の記憶を問う自分の心境は、伊東静雄の「鶯（一老人の詩）」のフレーズに託した。

（私の魂）といふことは言へない
その証拠を私は君に語らう
しかも（私の魂）は記憶する
そして私さえ信じない一遍の詩が
私の唇にのぼつて来る
私はそれを君の老年のために
書きとめた

深い山の縁に住んでいた友は、私が訪ねると、一羽の鶯を呼び寄せ、美しい鳴き声を聴かせてくれた。半世紀ものときが経ち、私は町医者になった友と再会する。だが、彼は鶯のことなど憶えてはいなかった。「それは多分…」という私の推量を語ったあとに続くのが、このフレーズだった。

まだグラスに残っていたワインを口に含みながら、須賀は思うのだった。

かつて自分へ示してくれた鹿島の心情を、忌むべきものとして、自分の心から葬り去らねばならない理由なんか少しもないのだと。鹿島晃次という人間には、そういう一面がたしかにあったことを、記憶に留めておいてもよいのだと。

玄関に、ただいま、という弾んだ声が聞こえた。

外はまだ雨が降り続いているようだった。

針の穴

「主文　控訴人らの請求を棄却する」

K裁判長は、ただ一言、それだけを告げると、東京高裁の大法廷を埋めた人たちに背を向けた。「不当判決！」と、よく響く声のあとに、大勢の人たちの怒りの声が重なった。裁判長の後ろ姿は、たちまち扉の向こうへ消えていた。

二十二年におよぶ、賃金・昇格差別撤廃をかかげた名路乳業市川事件のたたかいは、こうして四度目もまた負けてしまった。

半年前の九月、K裁判長は、「長い期間を経ているので和解を」と双方に勧告。「判決以外考えられない」と難色をしめす会社代理人にたいし、裁判長は「これが最後の機会と思われるので」と、和解期日を設定。だが、その協議の場でも、会社代理人のかたくなな姿勢は変わらず、和解にはいたらなかった。

判決言い渡しに向かう日々、争議団団長をつとめる関口徹は、いつもこう語ってきた。

「地裁で勝っても高裁で引っくり返されるケースが多いなかで、この裁判は異例ともいえる逆の流れをつくりだしている。針の穴は開いた。われわれのたたかいは、この針の穴を通すことができるかどうかにかかっている。負けて人生を終わらせるわけにはいかない。針の穴を必ず通してみせたい」と。

東京都地方労働委員会に、「不当労働行為救済」の申し立てをおこなったとき、四十歳前後だった市川工場の三十二名も、九年後に第二次申立て（全国事件）をおこなった九事業所の三十二名も、そのほとんどが、六十歳をすぎ、職場を離れていた。

すでに六人が、この世にはいない。初代の争議団団長は定年退職の五年後に、関口と同期入社だった次の団長はまだ現役の五十九歳のときに世を去った。定年退職後、石川県から、家族の元を離れて、千葉県市川市にある争議団センターに寝泊りし、事務局長として全国争議団をまとめる要となっていた六十二歳の河口政之も、昨年の春、一時帰省する途中の東京駅で倒れ、帰らぬ人となっていた。

いまも病床で、ガンに苦しむ団員もいる。つぎは俺の番か。見かけは元気さにあふれていても、誰もがそんな不安を潜ませている。だがこのまま、死ぬわけにはいかない。解決を見ずに死んでいった仲間の無念を思うにつけ、関口はああ言わずにはいられなかった。

しかしそれは万に一つの可能性でしかなかった。自分がはったりを利かせているだけのような気がして、一人になると自責に苛まれた。せめて判決文のなかに、事実を認定する数行が書かれてさえいたら。祈るように願いつづけた。それがあれば、負けても、一矢報いることができる。関口はそう思うのだった。

だから控訴棄却となったとき、関口のなかに驚きはなかった。ただ判決の中身にたいする関心だけがあった。すぐさま目を通してみて驚いた。そこにはなんと、数行どころか、至る所で、差別の実態や賃金格差、名路乳業の不当労働行為が、明らかにされていたのだ。

その事実認定の構造は、一九九〇年代から次々と勝利をかちとっていった大型争議のそれと同じものだった。だったら、勝訴となってしかるべきなのに、東京高裁は、他の大型争議には適用しなかった「除斥期間」なるものを理由に、訴えを退けてしまったのである。

「除斥期間って?」

と、関口はよく聞かれた。

それは、労働組合法の不当労働行為の項で決められていることで、差別されたと知りえてから、一年以内に申請しないと審査の対象にならないという枠組みのこと。同時に、「継続する行為にあってはその終了した日」という対立した枠組みもあって、一年を超えて審査することも制度上可能なわけである。この裁判にしても、都労委に申し立てをしたのは一九八五年だが、その時点での格差は、実は六〇年代から始まる名路乳業の不当労働行為と差別によるものだ、と高裁はちゃんと認めている。なのに、除斥期間の趣旨に反すると言って、切り捨ててしまったのである。

「つまり、平たい言葉で言えばね、十年以上も前の古い話だから、というわけですよ」

関口がそんなふうにまとめると、誰もが「ひどい！」、と反応する。

しかし、名路乳業は判決文に明記された事実から逃げることはできない。法の道すじというものがあるかぎり、これを武器に、正義を貫いていくしかない。控訴人全員、心をひとつにして最高裁への上告を決めたのだった。


判決言い渡し日からちょうど三カ月後の六月二十八日、名路乳業の株主総会が開かれた。争議団はこの株主総会を争議解決への重要な節目と位置づけた。今年も六十名余の株主の賛同を得て、二通の事前質問書を提出した。

一通は支援共闘会議事務局長の永山繁と関口徹の連名で、長期労働争議の全面解決を求める立場からの質問、「食の安全・安心」に関する質問など五本の柱に、二十七の質問事項を付したもの。

もう一通は、同じく関口徹と、昨年十月、静岡工場で定年退職を迎えた坂本慎二との連名で、静岡工場における、大量に回収された不良製品の再利用をめぐる問題にたいして、経営陣の企業倫理と責任を問うものであった。

総会の前日と前々日、午後一時から五時まで、本社前での座り込みがおこなわれた。たくさんの幟が立てられ、ビラ配布やリレートークが展開。そのあい間には、高橋竹山の津軽三味線のCDが流され、その力強い響きは参加者を大いに元気づけた。事務局長の山邑隆夫が、てきぱきとそれらを仕切ってくれていたから、関口はゆとりをもって総会対策を練ることができた。総会に出席する永山や坂本とも打ち合わせをした。

「おい、関口、見ろよ」

山邑が近寄ってきて言った。彼が指を差す方向に、さっきは正面から出てきた専務のTが、向こう側の横断歩道を斜めに渡って、本社ビルの細い横道から、背を丸めてはいっていこうとする姿が見えた。

「やっぱり、後ろめたいんだな」

山邑はそう言って笑ったあと、こんどは小さな声で、ガードマンが四人も監視しているぜ、と告げた。昨年にはなかったことだ。

開会の十時が近づくと、経営陣は神妙な面持ちで前方に着席。株主に向かい合った。

議長は昨年同様、社長の麻野重三郎。四十年近い前、市川工場で労組の執行委員を、関口と争った男だった。関口が書記長に選ばれた二十三歳のとき、組合の乗っ取りをはかるインフォーマル組織「瑞宝会」がつくられてしまう。転勤してきた麻野が瑞宝会を代表して立候補したのは、その翌々年のこと。関口は前年につづき僅差で落選。やがて吹き荒れる労働者弾圧の嵐。ときは流れ、かつて「東洋一」と呼ばれた市川工場も、七年前、企業の身勝手な合理化によりつぶされてしまった。しかし彼の薄汚れた過去が消えるわけではない。思えば、なんと長い人生をかけたたたかいであろう。

麻野が事前質問書にふれたのは、事業報告や決算報告につづき、決議事項の第9号議案の説明が一通りすんだあとだった。「係争中の労働裁判については、本総会の目的事項とは直接関係のないこと」で、「回答の責任もないが」と麻野は前置き。マイクはK取締役に渡された。K取締役は、「公正な第三者機関がいずれも賃金昇給・昇格差別も、不当労働行為もなかったと判断し、当社の主張を認めております」と明言。予想していた回答とはいえ、関口は唖然とさせられた。

静岡問題の回答に立ったのは、あのT専務。驚いたことに、不良製品の大量製造も、また出荷も、客先からのクレームも、したがって回収も、それらの再利用も、すべて事実になかったことだと断言。「当社の信用を著しく失墜させかねない」と、質問者を非難する厚顔さだった。

審議にはいると、画面に映し出される第二会場も合わせて、大勢の株主が挙手をした。

麻野はそのなかから、何人かをあてていった。文書での回答に応じていない理由もあってか、昨年同様、永山と関口はあてられたが、坂本はまるで無視された。麻野の真ん前に陣取り、いやでも目につかないはずがないのに、また関口が、坂本は上司に報告をしたにもかかわらず聞き入れられず、実際に日報も書いていた当事者なのだから、本人からの質問も受けてほしい、と発言していたのにである。

「最後にもうお一方」

麻野に指されたのは、坂本のすぐ近くにいた男性だった。株主総会は特定の株主のみに利益供与があってはならない、と妙にもったいぶった言葉に、麻野は「貴重なご意見」と持ち上げ、審議打ち切りにつなげた。

憤怒に耐えかねたように、坂本が立ち上がった。自分を名乗り、当事者の私に話をさせてくれ、と麻野に迫った。が、麻野は問答無用とばかり発言を封じた。坂本がなおも抗議の声を発すると、麻野の口から飛び出したのは退場宣告。関口も立ち上がって抗議の声をあげた。麻野の指図を受けて、後方から三人のガードマンが駆けつけ、坂本を連れ去ろうとした。だがそうはさせまいとする共闘仲間たちとの小競り合いとなり、議場は騒然となった。そのなかで議案の採決が強行された。

静岡工場に保健所の立ち入り調査。坂本からその知らせが届いたのは、七月初めのことだった。関口は静岡に向かった。

保健所には、坂本夫婦ら五人で訪問した。保健所が調査した二年間の日報類のなかに、再利用の記録は出てこなかったという。どこかへ隠されてしまったに違いない。保健所の職員は、明確な基準もなければ、マニュアルもない名路乳業の管理の杜撰さにあきれ、「指導してきました」と言っていた。

「名乳には食品企業としてのモラルも良心もないんだね。一生懸命働いてきた俺たちのプライドを傷つけるよね」「結局さ、現行法の見直しが必要だってことだよな。また、忙しくなるぞ」

関口は励ますように坂本の背を叩いた。

息子の背中

一

晩秋の日曜日だった。

娘の茉莉は、八年目研修とかで、二週間合宿から、土曜日にいったん帰ってきたが、驚いたことに、声を出せない状態になっていた。

本人は、風邪のせいだと、筆談で応えていたが、一週間前に出かけていくときから、ちょっとした悶着があっただけに、わたしは気がかりだった。

わたし、もう行かない。そう告げられたとしても、だめよ、行かなくちゃ、と無理強いはできない気がした。

昼近くまで寝ていたらしい茉莉は、朝食をかねた昼食を摂ると、パジャマを薄いグレーのスーツに着替え、出かける用意を始めた。じゃあね、行ってきます。口だけ動かしてそう言うと、ふたたび埼玉にある国家公務員の研修所へと引き返していったのだった。

どうやらわたしの心配しすぎだったよう。わたしは安堵をおぼえ、そのあとの時間を、洗濯をしたり、自然食品店へ買い物にいったり、大きな紙袋に入れたまま放置してあった夏物衣類を、今日こそはと、やっとクリーニング店へ持っていったりした。

そして、夕食後、読みかけになっていた新聞を開いて、目を通していたときだった。食卓の片隅に置いてある携帯電話が鳴った。思わず、胸がドキンとした。やっぱりだめだったのだろうか。

ディスプレイをのぞくと、一年前、家を出て、東京で一人暮らしをしている息子の亮からだった。わたしからメールを送れば、わたしの健康を気遣う、優しい言葉で返信をくれる亮だが、自分から電話をかけてくるなんてことは、めったになかった。

わたしは携帯電話を耳にあて、もし、もし、と声を出した。

「俺、リョウ」

「どうかしたの」

「今、いい？」

「うん、大丈夫よ。家だから」

「明日は家にいる？」

「いるよ。でも、夜は文化会館に演劇を観にいくけど」

「市川市でよい芝居をみる会」が主催する年一回の公演が、明日あるのだった。

「文化会館なら近いね。じゃあ、その前に、少し時間をつくってもらえないかな。俺、そっちへ行くから」

「いいけど、なんで？」

「あのさ、俺の携帯とお母さんの携帯、ファミリー割引の契約をしてあるんだけど、障害者割引だと基本料金が半額になるんだって。そのほうが得になるので、変えていいかな」

「うん、かまわないよ。わたしもね、スカイメールの字数が少なくて、不便を感じていたところだったの」

「じゃあ、悪いけど、変更手続きに一緒に行ってくれる。四時ごろそっちに着くようにするから」

「わかった。待ってるわ」

用件はそれで済んだのかと思いきや、ところで、話は変わるんだけど、と、改まった口調で言った。

「えっ、なに」

「俺、さっき、ひどい目にあってさ」

「また、透析で?」

わたしがとっさに、そう尋ねたのは、亮がまだこっちにいたころ、通っていたクリニックで、いつもの透析を開始したとたん、いきなり冷たい透析液が体内を流れ始め、息もつけないほどのショックを味わったことを聞かされていたからだ。三八度C前後に設定されている透析温度の確認を怠った、パート看護師の不注意によるもので、処置が遅ければ、生命に危険をおよぼすことにもなりかねなかった。

「いや、そうじゃなくて」

そう言って、亮が話し始めたのは、まったく信じられないようなひどい話であった。

亮は東急ハンズで買い物をしたあと、渋谷駅に向かって歩いていた。太陽はビルの谷間に沈みかけているところだった。

月、水、金の、週三日、四時間ずつある透析が、二日続けてない日曜日は、身体が重く、けだるかった。身体のなかに老廃物が、どろどろにたまっているのを想像するだけで、亮は気分が悪くなるのだった。

だから日曜日の夜間アルバイトは、極力シフトに組むのを避けるようにしていた。だが、先ほど、コンビニエンスストアのマスターから携帯に電話がかかってきて、学生のN君が風邪で休むので、代わってくれないかとのこと。

亮は、自分が透析を必要とする身体障害者であることを、マスターにも同僚たちにも話してはいない。別に隠しているわけではなかった。わざわざ自分からハンディキャップをさらすまでもないと思っているだけのことだ。

だからこんなときは、断りたくとも、断りようがない。しかし、まあ、一晩がんばりさえすれば、その分だけ給料は確実に増える。一万円は馬鹿にならない。

いいっすよ。亮がそう応えると、「助かるよ。いつも悪いな」と、若いころファッションモデルをしていたというマスターの申し訳なさそうな声が聞こえた。

早くアパートに帰って、体を休めてから、出向くとしよう。アパートは東急線で一駅の代官山駅の近く、コンビニ店はそこから歩いていけるところにあった。これから帰れば、三時間ぐらいは寝られるかもしれない。それからシャワーを浴びていっても、十時からの勤務には、じゅうぶん間に合う。

そんなことを考えながら、スクランブル交差点を渡り、駅前の広場に足を進めていたときだった。不意に横合いから若い男の声がした。

「きみ、仕事はなにしてるの」

首を回すと、その男と目が合った。その目は、亮に笑いかけていた。が、彼の服装から、それが警官の目だとわかると、亮はたちまち不愉快な気持ちになった。関係ないだろう。その言葉を口には出さずに、彼をやり過ごそうとした。ところが、彼は「おい、仕事はなにかと聞いているだろう」となおも食い下がってきた。フリーターだよ、フリーター。三十を過ぎて、コンビニのアルバイトをしているんだよ。そうとでも答えれば、俺よりずっと若そうな、この警官を満足させてやれるのだろうか。脳裡に、ふと、そんな思いがかすめたが、亮の行動は、その通りにはいかなかった。

「ちょっと急いでいるから」

うるさそうに顔をしかめて、そう言ったとたん、亮の左腕はがしっとつかまれていた。

「待てよ」

警官は声を荒らげて言った。

亮はいっそう腹立たしい思いにかられながら、「なんだよ。離せよ」と言って、男の手を振り払おうとした。が、頑丈な警官の手から逃れることはできなかった。

すでに男と亮の周りには、何事かと足を止めた人たちの輪がつくられていた。長髪で、ひょろっとした背の高い青年と、がっしりとした体躯の持ち主である若い警官との衝突は、駅前広場を歩く人たちの関心を集めずにはいないのだろう。

亮はわざと声を張り上げ、乱暴な口調で言った。

「急いでいる、と言ってるじゃねえか。俺がどんな仕事をしていようと、あんたには関係ない。答える筋合いもない」

すると、警官は、

「大声を出すな。騒ぐと、公務執行妨害でしょっ引くからな」

と、押し殺すような声で言った。

亮の腕は依然として、警官の手につかまれたままだったが、ここでひるんだら負けだと思って、なおも大声をあげた。

「公務執行妨害とはなんだ。言いがかりをつけてきたのは、そっちじゃねえか」

警官は「ふん」と鼻を鳴らし、勝ち誇ったように言った。

「犯罪防止のためにだな、あやしい人物に職務質問をするのは、われわれのれっきとした職務なんだよ」

「冗談言うな。俺はただ歩いていただけだ。なにを根拠に、あやしいと言うんだ。それこそ、職権乱用じゃねえのかよ」

亮がそう言い終わったとき、横合いから、三人の警官が飛び出してきた。

「おい、なにをもめているんだ」

四人のなかで、一番年長と思われるメガネをかけた警官が、そう言って、部下とおぼしき警官に目配せを送った。やっとのこと、亮の右腕は自由になったものの、こんどは四人の警官にしっかり包囲された形となっていた。

例の警官は上司らしいメガネをかけた警官に、小声でなにか言っていた。カバンの中身がくさいとでも言っているのか、メガネ越しの目が、亮が右肩から斜めに掛けている黒い布製のカバンに向けられているような気がした。

「よし、わかった」

彼はそう言うと、こんどはまっすぐ亮の顔を見すえて、「所持品検査をさせてもらう」と、命令口調で言い放った。

「断る」

亮は、ことの成り行きを見守っているに違いない、周りの人たちにも声が届くように、とびきりでかい声を出した。

「いくら警官だからって、理由もなしに、人の私物を勝手に見ていいのか。はい、どうぞ、と応ずるわけにはいかないね」

よく通る大きな声には自信があった。腎臓の病気を治そうと決意して退いた演劇の仕事が、こんなところで活かされるとは、なんと皮肉なことだろう。

メガネの警官は、ふん、とあざ笑うように、

「理由はあるんだよ。わたしの部下が、きみがあやしいと言っている。それに、そうやってわれわれに逆らうところが、なによりあやしい証拠だ」

彼はあごをしゃくり、部下の警官たちに、やれ、というふうにけしかけた。

亮はカバンを渡すまいとして、カバンのベルトをしっかり押さえ、やめろ、やめろ、と叫んだ。

「騒ぐと、しょっ引くぞ」

またもや、さっきと同じ言葉。二人に両手をしっかり押さえつけられてはかなわない。カバンは例の警官の手に渡ってしまった。

もう、なんで、こんなことになるんだ。亮は半ば茫然としながらも、とにかく冷静にならなければと、自分の胸に言い聞かせた。

どうせ中身を調べられたって、疚しいことは、なにひとつないのだ。こうなったら、奴らの手口をゆっくり観察してやろうじゃないか。だんだんと余裕も生まれてきたようだった。

「ほら、あるじゃないか」

例の警官がカバンから取り出して見ているのは、クリニックから処方された白い紙袋にはいった粉薬だ。馬鹿じゃないか。それが覚せい剤だとでも言いたいのだろうか。それとも、そうと分かっていて、故意にそんなこじつけを口にしているのだとしたら――。その先を想像したとたん、不意に恐怖心が胸の底から湧き上がってくるのを意識した。

だが、警官がつぎに取り出したのは、健康保険証と身体障害者手帳だった。亮がいつもファスナーの付いたポケットに入れてあるものだった。それを手渡されたメガネの警官は、ものめずらしそうに身体障害者手帳のうえに目を走らせていた。

そこには、こう記されている。

「身体障害者一級」「慢性糸球体腎炎のため日常活動ならびに日常生活が極端に制限される腎臓機能障害者」

そこから目を離すと、彼は部下の警官となにか小声でぼそぼそ話しながら、うなずき合っていた。

「よし、終わりだ」

その一声で、両脇の警官の手が、亮の両腕から離れた。例の警官が、ほらよ、と押し付けるように、カバンをもどしてきた。

メガネの警官は、亮の肩に手を置き、

「あまり、迷惑をかけなさんなよ」

と笑いを含んだ小さな声で言った。そして、部下たちに引き揚げるサインを示し、その場を立ち去ろうとした。

「おい、待てよ。迷惑をかけたのは、そっちじゃねえか。さんざん人を疑っておいて、そんな言い草はないだろう。あやしいものは、出てきたのか。そうでないのなら、まず俺に謝るのが筋というものだろう。えっ、そうじゃないのかよ」

亮は声を振り絞るようにして言ったが、

「わからない奴だなあ。きみが、素直に職務質問に答えていさえすれば、なにも、こんな人騒がせなことにはならなかったんだよ」

警官はふてぶてしく薄笑いを浮かべるばかりだった。

「馬鹿を言うな。こっちは、ただ歩いていただけなのに、よりにもよって、四人の警官に取り囲まれ、カバンの中身まで調べられたんだぞ。こんな人権侵害を働いておいて、謝りもしないとは、どういうことなんだ」

「謝る必要なんかない。われわれは、あくまで公務を執行したまでだ。その妨害をしたのは、きみのほうなんだからな」

「謝れよ、謝れっ、謝れっ」

亮は警官の背に向かって、叫ぶように声をあげた。そのあと、祈るような思いで、耳を澄ました。もしかして、人垣のなかから、警官の横暴をなじる声が起こりはしないかと期待したのだった。しかし、どこからも、その声は聞こえては来なかった。

二

翌日の四時ちょっと前、亮は自分の鍵で門の戸を開け、「ただいま」と言って、玄関に現れた。

わたしは､玄関のすぐそばにある食堂の椅子に腰かけたまま､「おかえり」と返事をした。亮は、わたしが用意しておいた特大のスリッパをはいて、食堂にはいってきた。

この前会ったときの印象と、格別変わったところはなかった。長髪をうしろでゴムで結んでいるのも同じだ。身につけているのは、黒のパンツに、黄土色のブルゾン。血色は相変わらずよくないが、優しげな面差しは変わっていない。どこから見ても、けっして「あやしい」風体には見えなかった。

わたしは内心ほっとする思いで、

「たいへんだったね。疲れたでしょう」

とねぎらいの声をかけた。

「うん、でも、透析で寝られたし、家でも寝てきたから、大丈夫だよ」

亮はそう言って、「はい、おみやげ」と、手にぶらさげていた紙袋を差し出した。

「あら、いいのに。気を遣わないで」

紙袋には、カップ入りのあんみつが三個入っていた。わたしは二個をテーブルの上に置き、一個だけを冷蔵庫にしまった。

「茉莉は研修でずっといないから、わたしがもらっちゃうね。いま、お茶をいれるから、待ってて」

「茉莉、いないんだ。研修って、長いの？」

「二週間だって」

「じゃあ、お母さん、一人で寂しいね」

「寂しいと思えば、寂しいし、寂しくないと思えば、寂しくない。独りも楽し、ってとこかな」

と、わたしは割り切った物言いをしながら、ふと恥ずかしさが胸をよぎるのをおぼえた。

亮から家を出ると告げられたとき、わたしは、泣きそうな顔をして、「あんたは、この老いた母親を置いて、平気で出て行けるの。茉莉だって、そのうち結婚して、出ていくだろうし、わたし一人じゃ寂しすぎる。そばに居てくれるだけでいいから、出ていかないで」なんて、下手な芝居を打ったことを思い出したからだ。

わたしはむろん六十を過ぎてはいたけれど、家にいるよりも外を飛び回っていることのほうが多かったから、他人から老人扱いされるのもいやだった。それに、「寂しい」なんて言葉は、二十五年連れ添った夫が、七年前に家を出ることになったときでさえ、絶対に口には出さなかった。それなのに、なぜ口にしたのかといえば、腎臓機能障害者である亮の身体と生活を、ただただ案じたからにすぎない。

亮には定職がない上に、障害年金もなかった。国民年金保険料は親が代わって納めていた。が、資格要件を満たさないという理由で、不支給となってしまったのだ。どういうことかというと、障害基礎年金というのは、初診日の前月までの納付月数の三分の二の納付がないと支給されないきまりになっていて、亮の場合、それに該当するというわけだ。

つまり初診日――亮の場合は、腎不全の原因となった慢性腎炎を初めて診断された日のこと――以降に、彼が一人暮らしをしていた約二年分を、あとで督促を受けて一括納付したものが未納とみなされたためであった。

そのことがわかったのは、それから四年半後、障害者手帳が交付され、障害基礎年金の受給申請をおこなったときだった。それまでずっと払いつづけてきたにもかかわらず、「不支給」という、法の精神から外された不運を引き摺って生きていかざるをえないのだった。

だからせめて、都心からそう離れているわけではない、この家からアルバイトに通うことにすれば、なにも高い家賃を払ってまで、苦労することはないではないか。結局のところ、生活のために身体を酷使して、病気を悪くするのが関の山だ。

亮の話があまりに突然だったこともあって、わたしは興奮を隠せないまま、なにがなんでも阻止しないではいられない心持ちになっていた。そんなわたしに返ってきた亮の言葉は、実に思いがけないものだった。

「俺はお母さんと茉莉のお荷物になりたくないだけだ」

それだけでなく、こうも言った。

「お母さんは、自分を安心させたいために、そうやって反対しているだけじゃないのか」

そんなことはない、ときっぱり否定しきれないわたしの内心を射る鋭い一撃に、わたしはいっそう落ちつきを失った。

「わたしが、いつ、亮をお荷物扱いしたと言うの」

そう言い募るわたしの目には涙さえ滲んだ。

亮が透析導入を余儀なくされたとき、わたしはまだ年金を受けられず、退職金を食いつぶすことで生計を立てていた。それでも、俳優として舞台に復帰する夢をあきらめ、和裁士をめざして教室に通いたいという亮の新たな目標への、信頼と期待を寄せればこそ、お金の心配はさせないように、心を配ってきたつもりだった。

週に一回ぐらいのレッスンならいい、と主治医から許されたバレエ教室のレッスン代だって、惜しんだりはしなかった。このあいだの発表会のチケット代だってそうだ。ほんとうなら、一枚二千円のチケットは、家族や友人に買ってもらったり、招待するために渡されたはずのものだった。なのに、亮は三十枚のチケットを誰にも売らなければ、誰も招待しなかった。スポンサーともいうべきわたしにさえ、見に来てとは言ってくれなかった。

わたしは、胸に湧き上がる憤まんを抑えきれなくなった。

「そんなふうに言うのなら、もう勝手にすればいい。そのかわり、わたしは今後いっさい、あんたの援助はしないから」

「わかってる。俺だって、そのつもりできめたことなんだ」

亮はぶっきらぼうに言い捨てると、乱暴にドアを閉めて、部屋を出ていった。

わたしが下手な芝居を打ったのは、それから一週間ぐらい経ってからのことだ。哀れな母親を演ずれば、彼の翻意をうながすことができるかもしれない。そんな浅はかな期待にかけたけれど、無駄に終わった。

わたしはそのときになって、亮の一人暮らしは、その年の始めごろから、着々と準備されたものであることに、やっと気づかされた。

コンビニエンスストアの夜間アルバイトを始めるようになり、和裁教室への通学が遠のいていったのも、そのころだった。身なりにはうるさい亮が、下着のパンツや靴下が擦り切れても、いっこうに補充しないでいるのも妙なことだった。「これ、俺が作ったんだよ」と、既製服と変わらないできばえの、黒い布地のズボンを見せてくれたこともあった。そうやって、少しでも倹約して、お金を貯めて、自立に備えていたのに違いなかった。

バレエ発表会だって、亮はあれを最後にバレエをやめる決意を固めていたのだろう。もう次はないとわかっていたからこそ、発表会に人を呼ぼうとはしなかったのだ。そのことにも思いが及んだ。

「お母さんに負担をかけてしまって申し訳ない。いつか、きっと返すからね」

わたしは忘れていたが、亮はたしかにそう言っていた。

バレエ発表会が終わって、数日経ったとき、実は、わたしね、こっそり見にいったんだよ、と打ち明け、女性たちに混じって、黒一点、すごく格好よかったよ、と付け加えると、亮は「えっ、うそぉ」と目を丸くしたあと、こう続けた言葉の意味にもやっと気付かされたのだった。

「教室を主宰している先生がね、こんどから、ぼくの教室にきなさい、って言ってくれた。でも、俺にはもう限界。女性を持ち上げたり、腕で支えたりするのがつらいんだ。だから、もういいんだ。透析になってから、三年もやれたんだから、それだけでも幸せだと思わなくちゃ」

先生が注目を寄せてくれるほどの演技だったのに、なぜ知っている人たちに見てもらおうとはしなかったのか。わたしはただそのことだけに、関心を奪われていたような気がする。

あの発表会は、おそらく亮にとって、青春への決別をこめた卒業式にほかならなかったのだ。そんなことにも気づかない、ぼんくらで、卑小な自分がなさけなかった。芝居とはいえ、愚かな母親を露出してしまったことが深く悔まれた。さりとて、自分の至らなさを素直に詫びることができるほど、わたしは機転のきく人間ではなかった。

その点では、亮のほうが一枚うわてで、わたしのこだわりなど、まったく意に介さぬ態度を通していた。実のところ、それに助けられる思いをしながら、「わたしは、賛成したわけじゃないんだからね」と言いつつ、引越しの荷造りの世話を焼いたりしていたのだった。

＜亮へ

亮が一人暮らしの宣言をしたときに、わたしが反対して、あれこれ言ったことは、すべてわたしの本意ではないので、撤回させてください。

だから、わたしに意地を張る必要なんか、まったくないんだからね。困ったときは、自分を追い詰めたりしないで、遠慮なく言ってきてね。

親というものは、子どもに頼られ、なにか助けてあげられることが、なによりも嬉しいことなのだからね。

そして、亮には帰れる場所と家族が待っているということを、くれぐれも忘れないでほしい。お願いよ。

あなたの母より〉

こう書いた手紙とともに、一万円札を六枚、封筒に入れて送ったのは、ちょうど半年を経たころであった。

わたしからたまに送ったメールには、ほろっとさせられるような優しい言葉で綴った返信をよこすのに、このときはなにも言ってはこなかった。お金を送ったことを、メールで確かめるのも恩着せがましい気がして、わたしも黙っていた。

するとある日、今日のように家にいるかどうかを確認する電話をしてから、亮はやってきた。そして、顔を合わすなり、カバンから封筒を取り出し、わたしの目の前に置いた。

「お母さん、こんな大金を普通郵便で送ってくるなんて無用心すぎる。アパートの集合ポストは、誰でも開けられるんだからね。それに、こんな心配をしてくれなくても、俺は大丈夫なんだから。ほんとうにやっていけるんだから」

そう言って、六万円を返してきたのだった。

この頑なさは、遠い過去の自分のなかにも思い当たることがあり、わたしは苦笑を浮かべるしかなかった。

そんなわたしを安心させるためにか、市川市ではたった七千円しか支給されない障害者手当が、渋谷区ではその四倍以上の額であること、バイト先もクリニックも徒歩でいけるところにあるので、交通費がまったくかからないことなどを、亮は口にするのだった。

それでも、夜間のアルバイトが、週に六日もめずらしくはないと聞けば、とても安心できる心境にはなれなかった。まして、和裁のほうはどうなっているの、なんて、聞くどころではなかった。

その日の夜、亮が、おいしいと言って、ご飯を二杯もお代わりしてくれたことに、わたしは心を留めた。

お金がだめなら、わたしが自然食品店で購入している有機栽培米を、定期的に送ってあげることにしよう。小麦粉やスパゲティなども一緒にダンボール箱に詰めて宅配便で送ってみた。こんどは、ありがとう、とこだわりのないメールが返ってきた。

あんみつを食べながら、わたしはしばし自分だけの世界に心を泳がせていたらしい。

「ほら、また、おかあさんの、マイ・ハート・タイムが始まった」

わたしの性癖をよく知る亮ならではの言葉だった。二人で昼食を摂っているとき、わたしが黙りこくって、考え事などをしていると、亮にしばしば揶揄されたものだった。

お母さん、いまは俺と食事をしているのに、なんで黙っているの。なにも会話がないなんて、おかしいと思わない。そう思うのなら、亮のほうから、なにかしゃべればいいじゃない。そういう問題じゃない。変だよ、お母さんは。そっちこそ、変よ。そんな減らず口をたたきあったことも思い出された。

「ああ、ごめん、ごめん」

わたしはバツの悪さをとりつくろうように、「今日は泊まっていけるんでしょ」、とあわてて付け加えた。

「いや、今日もバイトなんだ」

「そう。がっかりだな。芝居がなければ、夕食になにかこしらえてあげられるのに。そうだ、携帯の手続きがすんだら、どこかで食べよう。ね、そうしよう」

「いいよ、無理しないで」

「芝居は七時開演だから、全然無理じゃないよ。じゃあ、さっそく本題に入ろうね」

わたしはテーブルの脇に置いてあった分厚い本を取り出した。それは、表紙に『新くらしの法律相談ハンドブック』と書かれた自由法曹団編集によるもので、六百例に及ぶ法律相談が載っているのだった。

三

夕べの電話で、亮は気にしていた。

自分があんな目に遭ったのは、自分にもなにか落ち度があるのではないか、そして、警官のとった行為は妥当なものといえるのかどうか。そういう疑問だった。

わたしはこの本を目当てに、じゃあ調べておくからね、と亮に約束をしたのだった。

「亮は間違ってないよ。違法行為をとっているのは警官のほうだということを、この本が明解に答えてくれているよ」

わたしはそう言って、付箋を貼ってあるページを開き、亮には家にあるコピー機でとった四ページ分を手渡した。

「いい。見てくれる。最初に『終電車に乗り遅れ、徒歩で帰宅途中警察官に呼び止められ、住所・氏名を尋ねられ、さらに身分を証明するものの提示を求められた。これに応じる義務があるか』という設問があるでしょう。それにたいして、『応じる義務はない』と書いてあるよね。警察官職務執行法には、警察官が職務質問できる場合の要件を定めていて、『この要件に当てはまるのは、客観的に判断して、ある特定の具体的な犯罪を犯したか、あるいはその犯罪と関連している、と判断される場合に、〈停止する権限〉が与えられているだけなのです。ただあやしいと思うだけでは停止させて、質問することはできないのです』ということなの」

「そうか、職務質問に応じなかったのが問題なわけではないんだね」

「そうよ。こうも書いてあるわ。『警察官の職務質問にあったときは、逆に、どんな犯罪の容疑で質問するのか、聞き返してやるくらいの気持ちが必要ではないかと思います。もしなんの犯罪容疑もないというのであれば、およそ職務質問ではないのですから、さっさと立ち去って問題はありません』」

「俺は立ち去ろうとしたのに、あいつは俺の腕をつかんで、しつこくからんできた」

亮はいまいましそうに言った。

「ほんとにね。『警察官のなかには、なおも職務質問をつづけ、肩に手をのせたり所持品を見せるようにしつこく要求する者もいます』」

「そうそう、まぎれもなく、そのケースだよ。俺の場合は」

「そうだね。続けるよ。『そのような行為に興奮して警察官に手を出してしまったら公務執行妨害罪の現行犯で逮捕されて、所持品を強制的に検査される危険があります。挑発にのらずに冷静に、そして職務質問に応じる意志のないことを明確にのべて対処してください』」

先の設問にたいする解説はそこで終わっており、担当した弁護士の名前がカッコ内に記されている。

亮が顔をあげ、わたしの目を見つめて言った。

「俺、危ういところでキレそうになった。でも、挑発にはのらなかった。にもかかわらず、強制的に所持品検査をされた。ひどいよね。人権侵害もはなはだしいよね」

「ほんとに、そう」

わたしはうなずいた。そして、ふたたび本の上に目を落とし、言葉をつづけた。

「次の設問も、これにかかわる大事なことだから、読んでみようね。『帰宅途中警察官に呼び止められ〈近所で忍び込み窃盗事件が発生したので、所持しているバッグの中を見せてくれませんか〉といわれた。わたしが、返事をしないでいると〈バッグの中を見せるように〉と、命令調になってきた。バッグの中を見せなければならないか』。これにたいして、回答はきっぱり、『バッグの中を見せる必要はない』ですって。その理由として、さっきも言った警察官職務執行法は、『〈警察官は、刑事訴訟に関する法律により逮捕されている者については、その身体について凶器を所持しているかどうかを調べることができる〉と規定しているにすぎません。つまり、職務質問の際に行われる所持品検査は、あくまで所持人の承諾を得て、その限度でしかできないのです』」

わたしはそこで言葉を切ると、湯呑みを口元に運び、緑茶をすすった。

「承諾を得るどころか、むりやりもいいところだった」

「そうだよね」

わたしは相槌を打ち、また先をつづけた。

「『したがって、いくら警察官が〈命令調になってきた〉としても、拒絶するかぎり、バッグの検査はできませんし、バッグの中を見せる必要もないわけです。これが原則です』」

そのあとにも、「警察官が強制的にバッグの中を見ることができる場合」として、二つの場合が書かれていた。わたしは読み上げるのをやめたが、亮の目は紙の上を追っていた。

急須に湯を注ぎ、亮の湯呑みに緑茶をつごうとすると、

「あっ、俺はもういい」

と、手で押さえるしぐさをとった。

ああ、そうだった。亮はわたしのようになんの制限もなく水分を摂れる身体ではないのだった。不憫な思いにかられるわたしには気づかないようすで、亮が口を開いた。

「お母さん、調べてくれてありがとう。おかげで、よくわかったよ。俺さ、あんなひどい目に遭わされて、このまま泣き寝入りはしたくないと思った。だから、自分には間違いはないという、たしかな裏づけがほしかったんだ」

「わかるわ。その気持ち」

黄昏どき、渋谷駅前広場で繰り広げられた、信じがたい光景。それを痛ましい思いで想像させられながら、わたしはそう言った。

「でもさ、どうやって、このことを世論に訴えていったらいいんだろう」

それはわたしも考えていた。だから、亮がやってくる前に、人権擁護団体に勤務する友人に、電話で聞いてみたばかりだった。彼女がとりあえず教えてくれたのは、東京都公安委員会が、文書による苦情申し出を受け付けているということであった。

友人が職場から送ってくれたファックスには、苦情申し出の記載の仕方が提示されていた。まず、氏名、住所、電話番号、さらに「苦情申出の原因となった警察職員の職務執行の日時及び場所並びに当該職務執行に係る警察職員の執務の態様その他の事案の概要」と、それによって、「申出者が受けた具体的な不利益の内容又は当該職務執行に係る警察職員の執務の態様に対する不満の内容」を記載したものに、署名もしくは押印したうえで、提出する、というものであった。

しかし、わたしは公安委員会という組織にたいして、信用をおく気持ちにはなれなかった。日本共産党や労働組合などを標的にして、スパイや盗聴などの犯罪的行為を働いている公安警察とは違って、警察の民主的な管理をおこなうところだと書かれていても、はたしてその制度にふさわしい運営がなされているとは、とうてい思えなかった。後を絶たない警察の不祥事、警察官のモラルの欠如が引き起こす事件を見ても、その形骸化は疑うべくもなかった。

それにしても、こうした問題にたいしては、わたしなんかよりずっと詳しいはずの友人が、なぜこんな方策しか提示できなかったのか、不思議でならなかった。

冤罪や不当な弾圧事件を扱う日常に身をおく彼女には、亮に降りかかったできごとが、どこにでも転がっている石ころのような不運ぐらいにしか受け取れなかったのだろうか。それとも、わたしの話し方の要領が悪かったせいだろうか。

だがこんなふうにも考えた。わたしが銀行労働者だったころ、不当な差別や人権侵害にあったとき、従業員組合中央執行部が、経営側べったりだからとあきらめず、組合としての本来の機能を果たすべく、ねばり強く働きかけていったように、まず、ここから出発する以外にないということなのかと。

わたしは亮がどんな反応を見せるか、自分の考えを伏せたまま、ファックスを読んでもらうことにした。

「お母さん、これはやばいよ。みすみす警察にマークされる材料を与えるようなものじゃないか。だいいち、俺が味わった屈辱は、不利益だの不満だののレベルで扱われる問題じゃない。まして苦情なんかで片付けられたんじゃ、たまらないよ」

「やっぱり、そう思う？」

「当たり前だよ」

「じゃあ、これは破棄して、別の手立てを考えることにしようね」

「うん。俺もよく考えてみるよ」

「とにかく、昨日の今日だからね。いまは、いろんな人に話を聞いてもらって、情報や知恵を集めるしかないね」

「俺のことなのに、悪いね」

「亮だけの問題じゃないよ。そうでしょう」

「でもさ、なんで、俺だったんだろう。それが、気になるんだよなあ。俺って、そんなにあやしい人間に見える？」

「ぜーんぜん」

そう言いながら、壁にかかった時計を見上げると、針は五時になろうとしていた。

そろそろ行こうか。わたしは亮に声をかけた。


携帯ショップは駅の近くにあった。亮の足なら、五、六分で行ける距離だったが、亮はわたしのゆっくりした歩調に合わせながら、足を運んでいた。

「茉莉とは仲良くやっているんでしょう」

「うん。いつもつまらないことで、喧嘩ばかりしているんだけどね、この一週間は、茉莉への愛おしさをいやというほど実感させられたわ」

「へえ、なんで」

わたしはバッグから携帯を取り出し、受信メールの画面を開き、茉莉が研修二日目の夜に送ってきたメールを見せた。

〈昨日は緊張しすぎたせいか、それとも風邪のせいか、交流会でほんのちょっとしかお酒を飲まなかったのに、吐きまくってしまった。今日は一日、部屋で寝ていた。帰りたい〉

亮が携帯をもどしながら、

「なんかさ、帰りたい、で終わっているところが、妙にせつないよね」

と言った。

「わたしね、もうこれで、てっきり、茉莉は引きこもりになってしまうのだろう、と思ってしまった」

「なんで、また」

「だってね、出かけるときのようすが尋常でなかったんだもの。でも、そのときは気づかなくて、またいつものことぐらいにしか受け止められなかったのだけど」

「いつものことって」

「ほら、あの子って、家ではいばりくさって、口うるさくわたしに文句を言ったりするくせに、外では妙に萎縮してしまって、他人とうまくコミュニケーションがとれないところがあるじゃない。あの日もね、県から一人だけの参加だということで、ああ、どうしよう。緊張しちゃう。胸がドキドキする。行きたくないなんてね、日曜日だというのに、わたしに家事をすべてやらせておいて、自分はソファから動こうともしないで、それればかり言っているので、わたしも頭にきちゃって、もういい加減にして、ってどなってしまったの。茉莉が出かけるときになっても、機嫌をなおせないまま、送り出してしまって……」

亮が声を立てて笑った。

「短気なお母さんらしいよ。そのくせ、ぐずぐず後悔していたんでしょう」

「そうなの。でも、あの子、土曜日まで帰ってはこなかった。見直しちゃったわ」

ついでに風邪で声が出なくなっていたことも話した。すると亮が言った。

「ほんとうに風邪が原因なの。なんか心配だなあ。お母さん、茉莉に、毎日、メールを送ってあげな」

「そんな、過保護よ。大丈夫、あの子も、芯はとても強い子だから。だって、小学校時代、いじめや体罰にあっても、学校では絶対に涙を見せなかったというし、一度だって、学校に行かない、と言ったことはない子だもの。だから、わたしは信じているのよ」

「そうか。茉莉も自分のトラウマとたたかっているんだ」

「そうだね」

国道に出て、亮と茉莉の通った小学校の前を過ぎ、公民館の前の信号を渡った。反対側の歩道には、行き交う人や自転車があふれていた。

そのうちに、わたしは亮から離れてしまい、何歩か後ろを歩く格好になった。

亮はやや背を丸めて歩いていた。そうしていても、一八三センチあるという亮の身長は、家にいるときには気づかない高さで実感されるのだった。

渋谷の路上でも、この高さはずいぶんと目立ったに違いない。なんで俺だったんだ。そんな疑問をもらした亮の言葉が思い出された。

そういえば、いつだったか、文学サークルの仲間が、おんぼろの自転車を引っ張って歩いていたら、警官に呼び止められ、住所・氏名を聞かれて、泥棒扱いされたと怒っていたことがあった。

「交番のおまわりはさ、そうそう事件に出会うチャンスがないから、駐車違反だの、自転車泥棒だのに目を光らせているんだよ。きっとノルマをかけられているんだな」

と言っていた。

亮もそうした検挙率を競うノルマの対象にされたのかもしれない。なにしろ、麻薬の密売が路上でおこなわれたりもすれば、女子高生四人がマンションに監禁される事件が起きたりもする渋谷の街だ。ちょっと膨らんだカバンのなかから、麻薬だの拳銃などが出てきたとしても不思議ではない。

しかし、それだけのためだろうか。そうでないとしたら、なんだろう。

わたしは亮の背中を見つめて歩きながら、そんな疑問にかられていた。

「学年中で一番姿勢がいいのは亮くんだって、いつも褒めているんですよ」とわたしに話してくれたのは、小学校三年のときの、担任の先生だった。あれは、きっと、ずうたいばかり大きいのに、なにかといえば大声で泣き出してしまい、クラスの子どもたちと喧嘩もできなかった亮をはげます先生の心配りだったのかもしれない。

そういえば、わたしが調子が悪くて職場を休んでいるときにかぎって、亮ときたら、教室から飛び出し、家に帰ってきてしまう「問題児」だったのだ。

いまは少しかがめる癖がついてしまったらしい亮の背中を、こんなにも、まじまじと見つめたことはなかった。

携帯ショップの前で、亮の足が止まった。振り向いて、わたしを探した。目が合うと、にこっと笑った。いい笑顔だ。

わたしもほほえみを浮かべながら、駆け寄っていった。

参考文献：『新くらしの法律相談ハンドブック』（編集　自由法曹団）

耕ちゃんダンス

一

ガラス窓と二重になっている障子戸を開けると、澄み切った四月の青空が見渡せた。

冴子は両手を広げ、深呼吸をしたあと、

「絶好の行楽日和だったのにな……」

とつぶやいていた。

——悠樹がね、今日、初めて歩いたよ。こんどの日曜日、お弁当持って、どこかへいかない？

十カ月の育児休業を経て、年始めから職場へ復帰した娘の奈美から、そんなメールが携帯電話に届いたのは、ほんの四日ほど前のことだった。

そういえば、奈美の夫の達矢の運転で、二十世紀が丘公園へ遊びにいったのは、たしか昨年のいまごろだった。

――それはおめでとう。悠ちゃんが歩くところ、早く見たいな。日曜日なら、空いてるから、いいよ。

と返信すると、

――じゃあ、どこへいくか、考えとくね。

それで、決まりだった。

ところが、昨日の夕方、奈美から電話がかかってきて、明日のピクニックは見合わせよう、と言うのだ。理由はこうだった。

四歳になったばかりの耕太が、何の前ぶれもなく、バタンと後方へ倒れてしまうのを、前日の午前中だけで五回も繰り返した。病院へ連れてゆき、ＣＴの検査を受けたが、特に異常は見られなかった。

以前から、前方に転倒するようなことがよくあって、そんなとき耕太はとっさに両手を出すことができず、顔面を傷つけることも何回かあった。保育園の先生からも勧められて、病院で脳波の検査を受けてみたが、そこでも異常なしということだった。

「そんなわけで、耕太はあれからは倒れないし、とても元気なんだけど、やっぱり、心配だから」

「そうね。そのほうがいいわ。ピクニックなんか、いつだっていけるんだし。それじゃあ、気をつけてね」

冴子はそう言って、ケータイを切ったのだが、そう安易に片付けられることではないと気づかされたのは、しばらくしてからだった。

耕太が、なぜ、突然倒れてしまうのか。その原因を、医師も説明ができないらしいことが、何より気にかかった。

もし、後頭部の打ち所が悪かったりしたら、取り返しのつかないことになってしまうのではないか。奈美が心配していたのも、そのことに違いない。知的障害者が働く作業所に勤め出して間もない達矢にしても、きっと同じ思いであっただろう。

冴子はケータイを開くと、

――今日はもう遅いし、明日、水曜日に届いた産直野菜、先週きたのがいっぱい残っているから、全部持っていってあげるね。耕ちゃんのお土産は、何がいいかな。

そう書いたメールを送信したが、いくら経っても、奈美からの返信はなかった。

冴子は一階のダイニングリビングへ入ってゆくと、毎朝の習慣で、まず一杯のぬるま湯をゆっくり噛むようにして飲んだ。

それから庭に出て、郵便受けから新聞を取ってくるついでに、いつものように水撒きをする。巻き取り式のホースと如雨露とで、細長い家を囲む樹木や草花への水遣りをおこなうのだ。

プランターから芽を出して、花をつけるまでになった水仙やヒヤシンス。いまが盛りの辛夷《こぶし》の花、蕾を開き始めた白木蓮、小さな実をびっしりとつけた梅の木。

それらの根元への放水が、門の脇に立つ一段と高い松の木へと移ったとき、冴子は小さなため息をついた。

三日前、春の嵐が吹き荒れ、夥しいほどの松の枯れ葉が地に落ち、道路をはさんだ向かいの家や、その隣りの家まで流されていた。冴子は早々に箒とちり取りを持って掃除をしたのだが、門の前の石段や道路には、すでに茶褐色の松の葉が散らばっていた。

冴子は松の木を見上げた。

四方に広げた枝のあちこちに、茶色に傷んだ葉の固まりが見渡せた。だが、それらはごく下のほうに限られていて、上のほうは新たに伸びたことが一目で分かる黄緑の葉先を屈託なげに空に向けている。

おそらく、この松の木の内部では、死へとみちびく得体の知れない勢力よりも、生へといざなう清新さあふれる勢力のほうが、はるかに優勢なのかもしれない。そう見えるのが、冴子には救いだ。

だが昨秋以来始まった、留まることのない枯れた松葉の落下を見ていると、冴子はつい悲観的な気持ちにもなってしまう。この松もいずれは枯れ木と化してしまうのだろうか、と。

三十四年前、この家へ夫の両親とともに六人で転居してきたとき、義母がその記念にと、自分のへそくりから大枚をはたいて、この松の木を植えたのだった。

義母は二十二年前、八十一歳で世を去り、その五年後にこの家を出た夫も、二年前に帰らぬ人となっていた。奈美の三歳年上の兄が、東京で二度目の一人暮らしを始めてからも九年半の月日が流れていた。

そんな家族の変転を目の当たりにしてきた松の木だったが、こんな事態になったのは、初めてのことだった。なぜ、そうなったのか、皆目、見当もつかなかった。

まさか昨年の福島第一原発の爆発で拡散した放射能のせいではあるまいし、原因が分からないだけに、手のほどこしようがなかった。

枯れ葉の掃除は、またにしよう。冴子はそう見切りをつけると、家のなかに入っていった。

食卓の上に置かれたケータイには、メールの受信も、着信も、その形跡はなかった。

どういうこと?

いかないでいいってことかな。

冴子はまず、奈美のケータイへ発信してみたが、つながらなかった。次に、昨年十一月に転居したばかりの一戸建ての家に架設された電話にもかけてみた。が、耳の奥でコールの音が繰り返されるばかりだった。

冴子は湯を沸かし、朝食の用意に取りかかった。レタスをちぎったり、キャベツやキュウリを刻んでいるうちに、また新たな不安が胸のなかに広がっていった。

もしかして、耕太が再度の発作を起こして、とうとう心配していたことが、現実のものになってしまったのではないか。そんな恐ろしい想像だった。

耕太は生後三カ月のころ、アトピー性皮膚炎なのか、そうでないのか、分からないまま、極度に身体を衰弱させ、通算三カ月余にわたる二回の入院を余儀なくされたことがあった。

あのとき、奈美夫婦に、たえず付きまとったのが、「原因不明」という医師の言葉であった。止めどなく疑心暗鬼を生むその言葉に、冴子もどれほど翻弄させられたかしれなかった。

突然の転倒という発作は、四年前のそれらと関係があるのだろうか。考え出すと、悪い想像は抑えようもなく、頭のなかをかけめぐった。

二

四年前の二月初旬、三千二百グラムの元気な赤児として生まれた耕太の身体に、アトピー性皮膚炎とおぼしき湿疹が現れたのは、生後二カ月を経たころだった。

はじめに赤いブツブツができたかと思うと、やがてそれらは潰れて皮が剥け、そのあとは潤いのないがさがさの皮膚になってしまうのだった。

そのころ、奈美と夫の達矢は、冴子と同居していたが、食事をはじめ日常生活のほとんどは別々に営まれていた。

ただ風呂だけは一つしかなかったので、冴子は毎晩、彼ら親子が廊下を歩いてくるのを、リビングで待つようになっていた。そのあとの手伝いが終わらないと、二階の書斎へ上がることはできなかった。

まず、達矢が先に一人で浴室に入る。次に、奈美がソファの上で耕太を裸にして、達矢へ手渡しにゆく。

しばらくして、ブザーの音が聞こえてくる。「もう、出るよ」という合図だ。奈美がバスタオルに包まれた耕太を抱いてくる。こんどは、床に敷いたカーペットの上に、バスタオルごと耕太を寝かせる。

耕太は身体が温まると、とたんに身体が痒くなるらしく、宙に浮かせた両足と腰をくねくね動かし、片時もじっとはしていない。両手はと言えば、顔や首、腕をやたらと掻きむしろうとする。

そこで、冴子の出番が訪れるのだ。

奈美が耕太の顔や身体に保湿剤や軟膏を塗ったあと、オムツを当て、着衣を終わらせるまでのあいだ、耕太の両手をつかんで、動かさないようにするのが、冴子の仕事だった。

「こら、そんなに動くんじゃないっ。もう」

少し前まで、口を開けば、「耕太みたいに可愛い赤ちゃんは、どこにもいない」なんて、頬ずりしていた母親とはとても思えない乱暴な言葉に呆れて、冴子が揶揄でもするなら、

「ほら、お母さんもちゃんと押さえててよ」

すかさず遠慮のない声が飛んでくる。

はじめのうちはそんなふうだったが、そのうち、奈美と冴子の協同作業も、耕太のくねくねを「耕ちゃんダンス」と名付けて笑い合うほどに、余裕が生まれていた。

耕太の両手を、リズムを取るように動かしながら、「うさぎのダンス」とか、「シャボン玉」とかの童謡を歌って聞かせたりもした。

耕ちゃんダンスは、湯上がりのときだけに見られるものだったが、耕太が痒がるのは、常にであり、例外のときがなかった。眠っているときでさえ、両手はたえず動いていて、顔や首、反対側の腕を、爪を立てて掻いているのだった。

生後三カ月を迎えたころ、耕太の顔は赤く爛れ、日ごとにひどさを増すばかりになっていた。

公民館で開かれる母親学級に、奈美が耕太を連れて参加したところ、そこにきていた母親たちから、「かわいそう」と顔をしかめられてしまったという。

「それがわたしには、何も考えてない母親みたいに聞こえちゃって。だから、言ったの。いまは小児科医院に通っているけれど、アレルギー専門のお医者さんがいる市民診療所で、診てもらおうと思ってますって。そしたらね。あそこは駄目、食べるものが何もなくなってしまうからって、指導員の人が脅かすみたいに言うのよ」

奈美が口をとがらせ、息急き切って言うのだった。

「厄介な病気に罹ったことがない人は、みんな、そうやってK先生の悪口を言うのよ。先生でなくては、と言って、新幹線で通ってくる患者さんだっているのに」

C型肝炎を病む自分の主治医であり、「多くの病気の原因は特定の食物その他の環境物質である」として、長いこと臨床研究を続けているK先生のことを、冴子はもっと弁護したい気持ちにかられたが、ヘルペスでK先生に診てもらったことのある奈美には必要ないと考えたからだ。

数日後、K先生を訪ねた奈美は、耕太をベルトで前に抱え、片方の手には、診療所の近くの米屋で売られている「ゆきひかり」というアレルギー用の米五キロをぶら下げて帰ってきた。冴子の顔を見るなり、もう、死にそう、と声を上げている。バスの停留所二つ分以上を歩いてきたのだから無理もない。

思ったとおり、K先生から、小麦、大豆、卵、乳製品の除去を指示されたという。ゆきひかりを五キロも買ってきたのは、朝食用のパンを作るためだったのだ。

「耕太のために、ママはがんばるからね」

奈美は耕太を抱きしめ、愛しさをこめるように言った。

しかし、奈美がどんなに健気な覚悟を固めても、その結果を待ってはいられないほど、耕太の症状は切迫していたのだった。

奈美は、副作用の多いステロイド外用薬には頼りたくはないという思いから、その使用を拒み続けていたのだが、そうもいかないところへきてしまっていた。

「達矢とも、これ以上、喧嘩をしたくないし」

奈美は冴子にそう告げて、別の皮膚科医院を訪ねることにしたのだった。

はたしてステロイド外用薬の効果は覿面だった。湯上がりの耕ちゃんダンスは相変わらずだったが、皮が剥けてぐじゅぐじゅに爛れた顔面が、嘘のようにきれいになったのである。その即効性には驚くばかりだった。

だが、その使用を止めれば、分かってはいたことだが、また元の木阿弥となった。

達矢と奈美のあいだで、ふたたび口争いが起きるようにもなっていた。奈美は冴子のところへやってきて、胸のなかに溜まった不満を、一気に吐き出していた。冴子は黙ってそれを聞いていた。

アトピーで苦しむかもしれない耕太の将来を案ずる奈美の気持ちは、痛いほどよく分かる。しかし達矢がそんな奈美を現実的でないと非難するのも、無視できないと思った。耕太の体重は増えるどころか、減少してしまっていたからである。

冴子は、夫婦の揉め事に口出しは禁物、とわきまえていたから、自分から結論めいたことを口にすることはなかった。が、奈美も冴子に話を聞いてもらうだけで、どうやら気持ちの整理がついたらしい。

「達矢が言うとおり、耕太のいまの苦痛を取り除いてやることが、先決だよね」

奈美はそう言って、ステロイド外用薬の常用へと踏み切ったのだった。

その結果、耕太の皮膚は、だいぶきれいになった。しかし、よく見れば、顔にも身体にもぶつぶつがいっぱいできていた。耕太の手が、ところかまわず伸びてしまうのも相変わらずだった。

六月の終わりに近づいたころ、市が主催する生後四カ月の乳児を対象にした「こども館」に参加した奈美は、耕太の発育不良を目の当たりにさせられ、大きなショックを受けて帰ってきた。

よその子どもたちは、うつ伏せにさせられても、平気で玩具を手にして遊ぶのに、耕太はぐずってばかりで、何もできなかったそうなのだ。

「このところ、お乳の飲みが悪くなっていたり、体重が減ってきているみたいなのが、気になっていたんだよね」

実は自分も同じ思いでいたことを、冴子は打ち明けた。

翌日、奈美はかかりつけの小児科医院へ、耕太を連れていった。すると、市内の総合病院へすぐいくようにと、紹介状を書いてくれたという。耕太の体重は、生後一カ月半の乳児に相当する四・六キロにまで落ちてしまっていたのだそうだ。

次の日の夕方、冴子が出先からもどってくると、奈美が台所に立って、食事の用意をしていた。冴子が「耕ちゃんは」と尋ねる前に、奈美は、耕太が総合病院へ入院したことを告げた。

「重度の脱水症で、腎不全と心不全の一歩手前までできていたんだって。ほんとうに、危ないところだったたって。わたし、どうして、もっと早く、気づいてあげられなかったんだろう」

奈美は泣きそうな顔をして冴子を見つめた。

ああ、わたしこそ。悔いと驚きとで声を出せなくなっていた冴子に、

「あっ、ごめん。驚かせてしまって。もう、大丈夫だからって、看護師さんたちが励ましてくれたことも、言わなくちゃね」

奈美はそう言って、ぎこちなく笑ったが、すぐに、いまやるべきことへと気持ちを切り替えたようだった。

病院は完全看護が原則ではあるが、できるだけ付き添ってほしい、と看護師長から言われたという。いまは二十四時間点滴をしているので、とりあえず帰宅して、夕食と明日の朝食の用意をして、耕太の着替えと一緒に持っていく。これからも、合間、合間をみて帰ってくることになるだろう、と奈美は言った。

入院して五日目になると、腎臓と心臓の機能も正常にもどり、体重も増えてきているとのことだった。ようやくアレルギー検査がおこなわれ、やはり、小麦、大豆、卵、乳製品が、陽性であることが判明したという。

ただちに母乳を与えることを禁じられ、アレルギー用ミルクへの切り替えがおこなわれた。耕太の鼻にはチューブの管が通された。

耕太が入院するとき、奈美は病院側から、遅くとも一週間もすれば退院できるだろう、と言われたそうだ。おそらく、脱水症が治りさえすればということで、アトピーは外来で治せるものと判断されたからに違いない。

しかし、入院から三週間を過ぎても、耕太に退院の許可は出されなかった。と、いうことは、耕太のアトピーは、外来では治せないくらい、ひどい状態になっているらしかった。

「皮膚科の先生なんか、やめてと言いたくなるくらい、ステロイドをベタベタ塗っているけど、それでも、よくならないから、変だ、変だ、って言うだけなの」

シャワーを浴びに帰宅し、またすぐ病院に帰ってゆく奈美は、困惑したように先行きの不安を覗かせるのだった。

三

そんなある日、冴子は銀行時代の友だち六人で、鬼怒川にきていた。

年齢はばらばらだが、二十代のころから、女性の権利や子どものしあわせのために力を合わせることをも目的にかかげた女性団体の、同じ組で一緒に活動してきた仲間たちだった。

冴子と瑞恵が、十三年前、定年退職に準ずる五十五歳で職場を離れたあとも、毎年一回、食事会や旅行などが続けられてきたのだ。今回の旅行も、六月末に定年退職を迎えた知花のご苦労さん会として、まだ現役で働く独身の三女性によって準備されたものだった。

待ち合わせの東武線浅草駅で、知花と瑞恵の顔を見たとたん、冴子はもう何年も会っていない友との再会をはたしたかのように、感無量になった。

ここへくる道々、知花の八歳上の姉であった黎子の、三十四歳という短い生涯に思いを馳せ、あれからちょうど三十四年の歳月が流れたことにも思い至り、不思議な運命の巡り合わせに、深い感慨を覚えていたせいかもしれない。

瑞恵、冴子、黎子の三人は、単に同期入行という間柄だけでなく、一九六五年から六八年にかけて、従業員組合の下部組織であった婦人部の部長という大任のバトンを、受けたり、渡したりをした特別な間柄でもあった。

その二年後、合併により日本一の座を獲得した銀行に、婦人部をつぶされてしまったとき、婦人部長を引き継いだ三人の結束は、ますます強いものとなっていった。

ともに、三十歳を過ぎてから母親となった三人が、子育てをしながら共働きを続ける女性たちの、先駆けとなったのも、当然のなりゆきといえた。

特急スペーシアの座席に落ち着いたとき、冴子は隣席の瑞恵に、そうした思いを語っていた。

「わたしも、黎子さんのことを思い出していたのよ。一番、元気潑剌としていた黎子さんが、白血病なんかにやられてしまって、身体の弱かったあなたやわたしが、こうして彼女の倍も生きてこられたなんて、ほんとうに不思議としか言いようがないわ」

瑞恵もしみじみとした調子で言った。

「自分がくじけそうになったとき、黎子さんに、いつも、しっかりして、と叱咤激励されてきたような気がする」

「ほんとね。わたしたちでさえ、そうなんだから、妹の知花ちゃんなんか、いつも黎子さんの励ましの声を聞きながら、がんばってきたんじゃないかしら」

「そうね。仲のよい美人姉妹だったものね」

とうなずきながら、冴子はふと、瑞恵にあのことを話してみようという気持ちになった。

「わたしね」と言ったあと、少し間を置いてから、冴子は続けた。

「奈美がお腹にいたときにね、やっと産休に入れたので、入院中の黎子さんをお見舞いしたことがあるの。そのとき、彼女は病気とは思えないくらい元気でね、わたしは彼女に尋ねられるまま、自分が二回も切迫流産に見舞われてしまって、もう駄目かもしれないと思ったなんて、馬鹿なことを話してしまったの。彼女が急性骨髄性白血病という命取りの病気に罹っていたことも、少し前に命がけで男の子を出産していたことも、何も知らなくて、それから半年後に、亡くなってしまうなんて、夢にも思わなかったし、あとになって、どんなに悔やんだかしれなかった」

そうなのだ、黎子の病名は、彼女の夫と、早くに両親を亡くしていた黎子の親代わりを務めていた長兄の胸にだけしまわれ、本人にも他の四人のきょうだいたちにも明かされなかったのだ。

だから、これもあとで知ったことだが冴子が見舞った時期に書かれた黎子の日記には、二人の子どものためにも病気を治すのだという気迫をこめた思いとともに、医師から伝えられていた病名への疑念が、痛ましいくらいに綴られていたのだった。

「それなのにね、黎子さんは、そんなことはおくびにも出さずに、こう言ってくれたのよ。『まあ、あなたの赤ちゃん、すごいわ。流されまいとして、必死になって、お母さんにしがみついていたのね。きっと芯の強い、しっかりしたお子さんに育ってくれるわよ』って」

冴子は涙声になって話していた。

彼女の言葉を、そのときはさして深くは心に留めなかったが、冴子はいつしか、折りに触れ、反芻してみたり、深い感慨に誘われたりするようになっていた。

見かけはいかにも頼りなげで、人との付き合いも不器用な奈美だけれど、意外と芯の強さを持ち合わせていることに、これまで幾度となく驚かされてきたからだ。

冴子たちとは斜向かいの二列の座席で、知花が手振り身振りで、笑いながら話しているのが見えた。


温泉の湯で心身の疲れを癒して、旅館の部屋にもどったとき、ケータイに奈美からメールが届いていることに、冴子は気づいた。

——お母さん、変なこと、聞くけど、お母さんと、お父さんの身内に、近親結婚した人っている？

冴子はとにかく電話をかけることにした。

「近親結婚した人なんていないわよ。お父さんのほうだって。いったい、どういうこと？」

「皮膚科の先生に、そう聞かれたの。キッド症候群じゃないか、って」

「キッド症候群？」

「そう。世界でもあまり症例のない病気らしいよ」

「何で、そんな病気に」

「耕太さ、なかなか頭の毛が生えてこないでしょう。そのこととか、小さな音に反応しないこととか、アトピーの治りが遅いこととかが、その根拠らしいの。もし、そうだとしたら、毛も生えてこないし、いずれ目も見えなくなり、耳も聞こえなくなるんだって」

冴子は自分の胸が波立ってくるのを感じながら、一呼吸したあと、声を発した。

「でも、それはまだ調べた上での結果ではないのでしょう。そんなに軽々しく言わないでほしいわよね」

「ほんとだよ。ネフローゼの坊やに付き添っている若いお母さんが言ってたけど、あそこの病院って、できない医者の集まりらしいよ」

「まさか。小児科とか、皮膚科とかがそうなのだとしたら、先が思いやられるね。とにかく、また何かあったら、連絡してね」

「うん、わかった」

電話を切ると、瑞恵が話しかけてきた。

「何か、大変なことになっているみたいね」

「そう、新たな展開って、ところ」

これまでのことは、車中でだいたい話していたので、ごくさりげなくかわしたつもりだった。

だが、冴子の胃はまことに正直というべきか、豪華な料理を目の前にしても、食欲がまったく湧いてはこないのだ。いつもなら、アルコール類を嗜まない分、料理の皿を早いピッチで片付けていくのに、どの皿もいっこうに減らないのだった。

どうしちゃったの、という誰かの声に、瑞恵があらましを話してくれていた。

その夜も、まんじりともせず、朝を迎えてしまった。が、それだけの時間が必要だったのだろうか、頭のなかには、ジタバタしていた自分を恥じ入る心持ちが生まれていた。

冴子は朝食を取ったあと、奈美に耕太のようすを尋ねるメールを送ってみた。

――耕太は朝から高熱と咳。レントゲンでは、軽い肺炎が起こっているとのこと。皮膚のほうはだいぶきれいになってきたので、体力がつき次第、皮膚の一部を採って、先天性の病気かどうかを調べるそうだよ。

返信には、そう書かれていた。

瑞恵にそのことを話していると、傍にいた知花が、「帰ってあげなくていいんですか」、と言ったので、冴子は驚いてしまった。

「いくら何でも、過保護でしょう」

「でも、昨日はずいぶんひどいことを言われたんでしょう。奈美ちゃん、相当まいっているはずよ。わたしなら、帰ってあげるわ」

母親に面倒をみてもらった思い出をもたない知花の言葉だけに、心に響いてくるものがあった。それにこのなかで、孫がいるのは冴子と知花の二人だけだった。

「じゃあ、ちょっと聞いてみるね」

冴子はケータイを開き、「奈美ちゃん、大丈夫。これから、帰ろうか?」と送信した。ほどなくして届いた返信を、冴子は声に出して読みあげた。

「ありがとう。大丈夫だよ。先生も看護師さんたちも、みんな心配してくれているから」

冴子が知花の顔を見ると、それでいいのだ、というふうにうなずいていた。


八月に入ると、耕太を抱いたとき、ずっしりとした重さを感じるようになった。それでも、まだ五・二キロまでしか回復していないという。普通なら、そろそろ離乳食を開始する時期であったが、それどころではなかった。

「キッド症候群」の疑いをかけた皮膚科の医師は、その後、耕太の耳が小さな音への反応が鈍かったのは、中耳炎に罹っていたせいであったことが分かってからは、新たに「魚鱗癬」という稀少な病気の疑いを持ち出してきたという。いっこうに治らないガチガチに硬くなった腕のかぶれが、その根拠らしかった。

「それなら、検査して、調べてみてください」

という奈美の言葉に、この病院ではできない、という応えだったという。ようするに、皮膚科に関しては、この病院でやれることはもうない、ということではないのか。

ある日、病院側から、退院に向けての計画が提示された。それは、この猛暑の時期に、耕太をいきなり日常生活にもどすのは、大変危険が伴うので、五日おきぐらいに慣らし外泊を試みてみよう、というものだった。

その六回目の外泊日が訪れたとき、冴子は、病院が紹介状を書いてくれたという大学病院への同行を、奈美から頼まれた。

奈美が運転する自動車で一時間、病院の待合室で待つこと二時間半、やがて、耕太を抱いて診察室から出てきた奈美の顔には、憔悴とも落胆ともつかない表情が浮かんでいた。

「もう少し、成長してからでないと、魚鱗癬かどうか、何とも言えないって。とんだ無駄骨だったわ」

奈美の病院への不信は高まる一方だった。

九月に入り、耕太の体重が六・二キロになったとき、ようやく退院の許可が出た。

四十日間にわたる入院生活は、こうして幕を閉じたのだったが、まさか、それから二十日後に、ふたたび脱水症で入院することになろうとは。

こんどは大事に至らなかったものの、それでも耕太の入院は半月にもおよんだのだった。

四

「お母さん、ごめんなさい。ケータイ、自動車のなかに置きっ放しだったの」

奈美から、そんな電話がかかってきたのは、その日の夕方になってからだった。

「もう、心配したんだからね。家の電話にかけてもつながらないし、いったいどこへいっていたのよ」

「疲れちゃったので、お昼は外に食べにいってたの」

「ああ、いつかのレストラン？」

四カ月前、引っ越しの手伝いにいったとき、連れていかれたところだ。そこには、耕太のような食物アレルギーの子どもにも食べられるカレーが用意されているのだ。

「そうだよ。帰りに夕飯の買い物もしたし」

「そうだったの。何か悪い想像ばかりしてしまって、取り越し苦労もいいところね」

冴子は笑いを交えて、そう言いながらも、気がかりが消えたわけではなかった。

「これから、そっちへいくから」

「えっ、これから」

「そう。みんなの顔も見たいし」

「悪いね。迎えにいってあげられなくて」

「大丈夫よ。三十分あればいけるんだから」

バスの停留所まで徒歩十分、バスに乗って十五分、下車してから徒歩五分は、引っ越しの翌月、奈美から耕太が通う保育園の「おたのしみかい」に招かれたとき、確かめておいたことだった。

産直野菜のほかに、耕太の好きなバナナとりんご、芋ようかんなどを入れた別の紙袋を持って、冴子は家を出た。

国家公務員として働く奈美が、ローンを組んで購入した、明るいうちなら緑色の屋根と外壁が目を引くモダンな家に着いたとき、玄関のドアは開いていた。

冴子は、「こんばんはー」と少し大き目の声を出して、家のなかへ入っていった。玄関にも、フロアーにも、二階への階段の上がり口にも、いろいろな物が雑然と置かれていた。

中古とはいえ、せっかく洒落た家に引っ越してきたのにと嘆く思いで、リビングの扉を開くと、達矢と奈美が床暖房をしたカーペットの上に座ったまま、疲労を滲ませた表情で冴子を迎えた。

奈美の傍らに、寝ている耕太が見えた。達矢の膝に抱かれていた悠樹は、冴子を見ると、たちまち表情をこわばらせる。

「ほら、また固まってる」

と、奈美がくぼんだ目をして笑う。

「悠ちゃん、おばあちゃんよ。悠ちゃんの歩くところを、おばあちゃんにも見せてよ」

冴子がそう話しかけると、悠樹はいまにも泣き出しそうな顔になり、両手を伸ばして、奈美のほうへ移りたがっている。奈美がしょうがないなあというふうに抱き寄せると、悠樹は奈美の胸に顔を埋めた。

「もう、困っちゃう。保育園では、やっとミルクと離乳食に慣れてきたのだけど、家へ帰ってくると、まず、おっぱいなんだもの。台所に立てば、しがみついて離れようとはしないし、離乳食を作っても、手で払いのけるし、こうだからね」

と、悠樹の仕草を真似て見せながら、奈美が苦笑を浮かべる。

この四月に、新しい事業所へ転勤した奈美は、同時に係長にも昇進したとのこと。彼女が言うには、ここまでは誰でもがなれるところだそうだが、かといって係員の提出した報告や資料に目を通さずに帰るわけにはいかず、帰宅はいつも七時を過ぎてしまうらしい。

「大変だね。せっかく耕ちゃんと同じ除去食を取って、悠ちゃんには、食物アレルギーにならないようにしてあげたのにね」

「そうだよ。ほんとうに子育てって、思うようにいかないものね」

「まあ、悠ちゃんはそのうち、何とかなるでしょうけど、心配なのは、耕ちゃんだね」

と、冴子が眠っている耕太のほうを見ながら言うと、達矢が応えた。

「そうなんですよ。まだ小さいだけに、医者からいろいろ尋ねられても、うまくは話せないんですよね」

「倒れたあと、自分で驚いて泣くみたいよ」

と、奈美が続けた。

「インターネットで見たんだけど、突然バタンと後ろへ倒れてしまい、原因が分からずに悩んでる人って、けっこういるのよね」

「ああ、ぼくも見ました」

「原因が分からないというのは、つらいことだけど、でも、原因がある以上は、それを突き止めてくれるお医者さんが、きっといるはずだから、あきらめないで、希望をもっていきましょうね」

二人に向かって、もっとましなことを伝えたかったが、冴子にはそれしか言えなかった。

そのとき、耕太がむっくりと上半身を起こし、寝ぼけ眼で周りを見回した。そして、立ち上がるとまっすぐ冴子のほうに歩いてきて、椅子に腰を下ろしていた冴子の膝の上に、黙って顔を伏せた。

「まあ、耕ちゃん、おばあちゃん、うれしいよ。どれどれ、抱っこしてあげよう」

いつもなら冴子の腕から抜け出すのを面白がる耕太だったが、今日はおとなしく抱かれるままになっている。

「耕太ったら、あまえちゃって」

奈美が笑いながらひやかす。

顎に触れる耕太の髪の毛の感触が心地よい。髪の毛が生えないなどと脅かされたことが思い出されてきて、つい涙ぐんでしまった。

しばらくして冴子は、「耕ちゃんの顔も見られたから、そろそろおいとましようかな」、と言って腰を上げた。

「バス停まで、送っていくよ」

奈美がそう言うと、「耕太もいく」という元気のよい声が続いた。

悠樹もやっと打ち解けてきて、達矢に抱かれながら、小さな手でバイバイをした。

バス通りに沿って流れる川の脇の道を、耕太は奈美と冴子に手を取られて歩いた。

「お手々、つないで、野道をゆけば……」

冴子が歌い出すと、耕太も片言交じりに声を合わせた。

「耕ちゃんダンス、思い出すね」

奈美が柔らかな声で言った。

「そうね。こんどのことだって、きっと、そんな思い出話になるわ。ねえ、耕ちゃん」

冴子は耕太の手にぎゅっと力をこめながら言った。

バス停まできたとき、冴子のなかに、奈美に伝えておかねば、という思いが、突然湧き起こった。ただでさえ華奢な奈美の身体つきが、いっそう痩せて見えたのが、気がかりでならなかったのだ。

「奈美ちゃん、無理をして、身体をこわさないようにね。あなたが倒れてしまったら、耕ちゃんや、悠ちゃんがかわいそうだからね」

それは冴子自身が、母親に諭された言葉でもあった。にもかかわらず、冴子は奈美を出産してから一年半後、慢性腎炎に倒れてしまい、母にはさんざん面倒をかけたのだった。

「助けがほしいときは、わたしを呼んでいいんだからね」

「ありがとう」

奈美がしおらしく、頭を下げた。

そのとき、耕太が大きな声で言った。

「おばあちゃん、バスがきたよ」

黄昏どきの街で

一

昨日までは蕾だった白木蓮が、羽根のような白い花びらをいっせいに咲かせた日、私は久しぶりにゆったりとした気持ちで、遅い朝食をとっていた。

実に二十日ぶりに味わう、誰かへの気兼ねも遠慮もなければ、急かされることもない、穏やかな心持ちであった。

昨日の昼すぎ、二人目を出産した娘が、同じ市内にある自分の家へ帰っていったあと、私はひたすら眠りを貪った。夕食の用意をするのも面倒で、とりあえず残り物ですませると、また眠りに入ってしまった。

心臓の病を抱える七十一歳の私にとって、娘の産後の世話を引き受けることは、自らを試す、一つの挑戦なのであった。自分の母親が共働きを続ける私を助けてくれたように、私も娘にそうしてやりたいと願いながらも、いや母のようにはとてもやれない、そんな悲観的な思いに、いつも負けそうになるからだった。

だが、私は無事にやりとげることができた。挑戦に打ち勝つことができたのだった。私が切迫流産を二度も乗り越えて娘を出産したとき、母はまだ五十代半ばの若さだった。が、それより十五歳以上も離れた私にも、ちゃんとやれたのだった。

誰かのために役に立てたことの歓びが、いま、こうして穏やかな境地へといざなってくれていることに、私は幸せを感じていた。

二十日間の変化に富む日々を、アルバムをめくるようにたどっていたとき、門につながる壁のチャイムが鳴った。立ち上がって、モニターを覗くと、見知らぬ女性の顔が映っていた。私は「通話」のボタンを押して、「はい」と応えた。

すると、「町会の梅沢です」という少し甲高い声が返ってきた。

「お待ちください」

私はサンダルを履いて、外へ出ていった。そして、昨年の東日本大震災以来、開け閉めにちょっとしたコツが必要となった門の木戸を、まず持ち上げてから施錠を解いた。

戸を引くと、六十代はじめとおぼしき小太りの女性が、笑顔を浮かべて立っていた。

「こんど、六班の班長をやらせてもらうことになりました梅沢です。行き届きませんが、一年間、よろしくお願いいたします」

四月から、回り持ちで一年間、組長を務めることになっている私に、梅沢はそう言って、丁寧に頭を下げた。

「こちらこそ、よろしくお願いいたします」

私も同じように頭を下げた。

「白木蓮、綺麗ですね」

と、塀の上から道路にまで枝を広げた白木蓮を見上げながら、梅沢は笑顔で言った。

私も表情を和らげてうなずくと、梅沢は手にぶら下げていた紙袋から、紙に包まれたものを取り出した。

「昨日、総会がありましてね」

包みのなかは、その席上で配られた菓子なのであろう。

「わざわざ、すみません。昨日はちょっと用事があったものですから」

たしかに用事はあったけれど、なかったとしても、出るつもりはなかった。組長の仕事は、年度はじめに一年分の町会費を集めれば、あとは極端な話、班長から渡される回覧板を回すだけでいいのだ。そうみなしていたからだ。

梅沢は私の言い訳など頓着するようすもなく、「それでですね」と言葉を改めた。

「こんど、町会で防犯パトロールを実施することになりましてね」

「防犯パトロールですか」

「ええ、総会で決まったんですよ」

総会で、そんなことが。私は言葉には出さずに、次の言葉を待った。

「でね、これは組長さんのご協力がないとできないことなので、柚木さんにもぜひ、お願いしたいのです」

梅沢は私の顔を覗うように見つめながら、続けた。

「ほら、最近は物騒じゃないですか。空き巣とか、ひったくりとか。回覧板にも警察からのお知らせが回ってきているでしょう」

「ええ、たしかに」

実は、私も十カ月ほど前、この辺りでひったくりに遭っていた。奪われたのは「赤旗日曜版」の集金代と携帯電話を入れた手提げ袋。私は警察への通報をためらったが、行き先だった仲間の意見にしたがうことにした。

その結果、深夜だというのに、警官二人を事故現場まで、案内しなければならなくなった。事情聴取は、私の家へ引き返してからもおこなわれた。なぜ、そんなに夜遅く歩いていたのか。どこの家にいこうとしていたのか。盗られたケータイはどこの機種か。この家で一人で暮らしているのか。寂しくはないか。と、まるで尋問さながらの聞き取りが、一時間以上にもわたっておこなわれたのだ。

そうして、私が得たものといえば、通報したことへの後悔と、警察への嫌悪感だけであった。それだけに、梅沢がこれから話そうとすることに、嫌気が差してくるのをどうしようもなかった。

「それでね、毎週土曜日にやることに決まったんですよ」

「えっ、毎週もですか」

「いいえ、毎週と言いましてもね、柚木さんには月に一回だけ出ていただくだけで結構なんです」

梅沢はとりなすように言った。

それは、どういう意味なのだろう。この辺りで共産党のポスターを貼ってある家といえば、私の家ぐらいなものだから、それと関係あるのだろうか。

私が口を閉ざしていると、梅沢が懇願するように言った。

「柚木さん、ほんの三十分程度でいいんですよ。だから、何とかご都合をつけていただけませんでしょうか」

どうやら、彼女は班長の立場上、私はできません、などと言う組長が一人でもいては、困るらしい。そんな彼女の気持ちを損ねるのは気が引けたが、かと言って、心にもないことは口に出しようがない。

「土曜日は何かと用事があるんですよね」

梅沢の表情がとたんに険しさを帯びた。

「とにかく、私は総会で決まったことを、ご連絡に伺ったまでですから。ちゃんとお伝えしましたからね」

梅沢はそう言い放つと、肉付きのよい下半身を左右に揺らしながら、離れていった。

何よ。月に一度、三十分でいいと言ってるのに、まったく、非協力的なんだから。

その後ろ姿はそう語っているように見えた。他の組長さんたちは、素直に応じたのだろうか。ちゃんと聞いておくべきだったな。そう独りごちながら、私は門の戸を閉めようとした。

二

そのとき、背の低い痩せた老女が、家の前を通りかかろうとした。斜向かいの篠原さんの家のおばあちゃんだった。

名前は知らなかった。しかし、彼女はこの隣り近所で、私が言葉を交わすことのできる数少ないなかの一人であった。

「こんにちは」

私が声をかけると、篠原さんは私のほうを見て、「あらっ」と言って、私のほうに歩いてきた。私も門の外に出て、彼女のそばに近づいていった。

顔を合わせるのは久しぶりだった。

「お元気でしたか」

「はい。何とか。でも、早くお迎えに来てもらいたいです」

私は何と応えたらよいのか、言葉に詰まった。

篠原さんは二年ほど前から同居するようになった二男の息子から激しい虐待を受けているのだった。息子と言っても、もう成人に達した子どもを持つ父親であるから、六十代にはなっているであろう。

どこかへ通勤していないようすを見ると、定年退職をして何年か経ったところなのか、それとも在宅で何らかの仕事に従事しているのか。

その息子一家が他所から転居してきたのは、篠原さんの夫が病院で亡くなってからのことであった。彼の妻は働いているらしく、ほとんど顔を合わすことはなかった。

レジ袋をぶら下げて歩く小柄な彼に、初めて路上で出会ったときは、働く妻を助ける頼もしい夫というイメージを抱かされたものだ。が、それは大違いだったことに、すぐ気付かされた。私のほうから挨拶を送っても、応えてくれたためしがなかったからだ。

彼は私など眼中にないかのごとく、前方を睨むようにして歩いていた。体つきや顔かたちは、どこか漫画に出てくる軽妙なキャラクターのような風情なのに、その目だけが異様な光を放っているのだ。

変な人だ。そのイメージは、九十歳近い母親を虐待していることを知ってからは、また別の灰のような薄黒い色が上塗りされていくものに変わっていた。

「息子さんは、いまでも？」

私はごく遠回しに尋ねた。

「はい。もう、生きた心地がしないです」

篠原さんはかつては上品な顔立ちだったに違いないその表情を、痛々しいほどに歪めて言った。

「ずいぶん前に、警察の人が来ていましたね」

「まあ、ご存知でしたか」

「はい。夜、外出先から帰って来ましたら、息子さんが追い返しているところでした」

その場所には民生委員をしている私と同年代の女性の姿があった。篠原さんの訴えを聞いた彼女が、警察に通報したのかもしれなかった。

だが、そのあとのことは、町会の班が異なることもあって、誰にも確かめようがなかった。だから、とても気になっていた。いくらかでも良い方向へ向かってくれればいいのだが、と祈っていたのに、そうではないらしい。もっとも、それぐらいで、自分を省みることのできるような人なら、最初からあんなみっともない怒鳴り声を発したりはしないだろう。

夏のあいだ、開け放した窓から、道路を隔てた私の家まで、あの何とも形容しがたい怒鳴り声は、毎晩のように聞こえてくるのだった。言葉の一つひとつを聞き取ることはできなかったが、その異様な声は、いつまで経っても止まないのだった。

篠原さんがため息をつくように言った。

「歳をとって、血を分けた息子から、こんな思いをさせられるなんて、夢にも思いませんでした。私の育て方が悪かったんでしょうか」

間もなく九十歳になる母親に、そんなことを言わせる大の男が、すぐ目の先に住んでいる。それなのに、私には何の手助けもできないでいる。そのことが、私にはとてもつらかった。

「ごめんなさいね。何のお力にもなれなくて」

私は頭を下げて謝った。

「いいえ、柚木さんにはいつも私の話を聞いていただいて、とてもありがたく思っていますから」

篠原さんは恐縮している私の手を取って、「ほんとうですよ」、と言い、思い出したように続けた。

「この前、赤ちゃんの泣き声がしましたね」

「はい。娘が二人目を出産しましたので、二十日間ほど帰ってきていたんですよ。昨日、自分の家へもどりましたけどね」

「もう帰られたんですか。じゃあ、お寂しいでしょう」

「そうですね。上の子も保育園から帰ったあと、よく来ていましたから、とても賑やかでした」

「小さい子どもって、見ているだけで楽しくて、何か幸せな気持ちにしてくれますよね」

そうだ。篠原宅にもかつて、幼い双子の姉妹がいたんだっけ、と私は思い出していた。

二人は同居していた長男夫婦の子どもだった。が、姉妹が小学校の高学年に上がったころ、父親が病気で亡くなってしまったのだ。姉妹と母親の姿が見られなくなったのは、それから間もなくのことだった。

まだ四十代だった息子に旅立たれてしまったときの、篠原さんの悲しみはいかばかりだったことだろう。それでも、双子の孫たちと暮らした思い出が、いまも心に深く刻まれていることが察せられて、私もいくらか心を和ませていた。

篠原さんは木立に囲まれた自分の家を眺めながら、「それでは」と、丁寧に頭を下げた。

「どうぞ、お元気でね」

私は篠原さんのよたよたした後ろ姿が、門のなかに消えていくまで見つめていた。

三

いつのことだったか、私は篠原さんに聞いてみたことがある。

「息子さんのお連れ合いや、お孫さんは、かばってはくれないのですか」

すると篠原さんは、とんでもない、と言うように激しくかぶりを振ったのだった。

せめて、彼の妻や、父親そっくりの顔をした孫が、彼のいないところで、それとなく優しく接してくれたなら、篠原さんもさぞかし救われるであろうにと思った。

それどころか、篠原さんがどんなに身体の具合が悪いときでも、自分の食事と洗濯は、自分の手でおこなうしかないとのことだった。しかも、篠原さんが六十五歳まで保険の外交員をして働いた年金までが、「全部取られてしまった」と言うのだった。つまり、自分が受け取る年金でさえ、自由に使うことができないのだそうだ。

聞けば、聞くほど、理解しがたい家族のありように、私はただ驚くばかりだった。

「毎日が、地獄です」

そう、訴えられたこともある。

以前から懇意な付き合いをしているわけでもない私なんかに、しかも道端の立ち話で、そう訴えずにはいられない篠原さんの思いを、推し測らずにはいられなかった。

もしかして、篠原さんは息子から、身体に危害を加えられる暴力も受けているのではないだろうか。そんな疑念を抱かされたのも、そのときだった。けれども、それを口に出して確かめることはできなかった。

私は篠原さんがどんな人なのか、またどんな人生を歩んできた人なのか、ほとんど知らなかった。保険の外交員をして働いていたことも、ごく最近知ったことだった。それ以外に、私が知っているのは、彼女が紛れもなく息子から虐待を受けているという事実だけであった。

篠原宅の右隣りは、学生たちの多いアパートだったし、左隣りは年老いた男性が、通いでやってくる娘たち二人の介護を受けながら暮らしている古い家だった。それをいいことに、息子はやりたい放題なのであろう。

そして、老いて一人で暮らす私も、同じように蔑視の目を向けられているのに違いなかった。だが、とうてい、まともな大人の振るまいとは思えない彼の行状を、どうして、見て見ぬふりをできよう。このまま黙っていていいはずはなかった。

私はあるとき、商社で働いていたころから加わっている女性団体の会合で、以前に篠原さんと交流があったという先輩に、このことを相談してみた。だが、八十歳を過ぎ、足を悪くしていた彼女は、あまり関わりたくはないようすだった。

そこに居合わせた、別の世話好きの先輩にも、こう諭されてしまった。

「どこの家庭にだって、悩み事や、他人に知られたくない秘密の一つや二つはあるものよ。その息子の虐待がほんとうのことだったとしても、なぜ、そんな仕打ちを受けなければならないのか、そのおばあちゃんの側にも責任があるのかもしれないよ」

それも一理ある話かもしれない。が、何か一言でもアドバイスをもらえればと、相談させてもらっているのに、これではまるで放っておきなさい、と言われたのも同然ではないか。

「でも、あの怒鳴り方は尋常じゃない。まともな大人がすることじゃないわ。一度聞いてくれたら、きっと分かってもらえるはずだわ」

私はそう意気込んで言ったが、それ以上の進展をみることはできなかった。

こうなるであろうことに、予想がつかなくはなかった。それだけに、失望感が重くのしかかってきた。けれども、警察の力を借りる考えはいっさいなかった。こうなったら、自分一人で何とか方策を講じないわけにはいくまい、と思った。

だが、いったい、どうすればよいのだろう。

私は途方にくれるばかりだった。が、やがて、もうこれしかないと思う、ある考えが頭に浮かんだ。それは、あの怒鳴り声が聞こえてきたら、すかさず篠原宅の前へ跳んでゆき、篠原さんの息子に会見を申し入れるという考えだった。

むろん、門前払いは覚悟の上だ。彼が母親いじめをやめないかぎりは、何度でも足を運んでやる。そして、彼が何か言ってきたら、「私は、隣人として、あなたとお話をしたいだけです」、とけっして喧嘩腰ではなく、穏やかな態度で接するのだ。

そうすれば、私を非難したり、ましてストーカー呼ばわりすることなどできるはずもない。何しろ、原因を作っているのは、間違いなく彼自身なのだから。

そんなふうに、まずは外濠を埋めようと、私にできるであろうことを考えついた矢先、思わぬアクシデントに見舞われてしまったのだった。

四

ある朝、八時ちょっと前、私は電話の呼び出し音で目を覚ました。手を伸ばして子機を取り、耳に当てた。すると、相手は、「篠原ですがね」と名乗ったかと思うと、いきなり物凄い剣幕でまくし立てた。

「お宅の塀の穴から、家のほうへ汚水が流れてきてるんだよ。見てみなさいよ。こっちは迷惑なんだよ。ただちに、処置をしないようなら、市役所に電話するからな。分かったか」

事態を飲み込めず、声も出せないでいる私にはかまわず、彼は一方的に電話を切った。外へ出て見ると、たしかに石塀の下部の隙間から汚水が流れていた。道路がやや傾いているために、篠原宅のほうへ流れてはいたが、道路の端の高くなった手前に留まっていた。

このような場合、どこへ連絡するべきなのか、私には分からなかった。とりあえず市役所の下水道課に電話をかけ、相談をした。するとそこで、市が指定する下水道工事業者を三軒紹介してくれた。

そのなかからもっとも家に近いところにある業者に電話をしたところ、すぐに見にきてくれた。その結果、密閉した排水升から汚水が漏れ出していることが分かった。原因は、升のなかに侵入した樹木の枝が太くなり、隙間がないほどに絡まり合って、詰まりを起こしているらしいとのこと。その撤去処置は翌日ということになった。

翌朝、ふたたび篠原氏から電話がかかってきた。

「いったい、どうなってるんだ。まだ、汚水が流れているじゃないか。迷惑だと言ってるだろうが。もう、いい加減にしてくれと言ってるんだよ」

私は何か言い返してやりたい衝動に駆られたが、こちらに非がある以上、口に出すことはできなかった。

「ご迷惑をおかけして申し訳ありません。今日、下水道工事をしてもらうことになっておりますので、もう少し、お待ちください」

私がそう言うと、何の応答もなく、電話は切れた。

その日、業者は長いホースを積んだ排水車を伴ってやってきたのには驚かされた。

かつて二世帯で暮らしていた私の家は、その両端に台所とトイレがある細長い建物だった。その両端から排水が流れ込む升は、私がふだん使用している台所とトイレに近い浴室のすぐそばに設置されている。だが、排水口は反対側の台所とトイレの近くにあったため、そこから長いホースを差し込まなければならない。それが、あとから聞かされた、なぜ排水車が必要だったかの説明であった。

作業が終わったとき、業者はこう言った。

「とりあえず応急処置をとりましたので、二、三カ月中にまた本工事が必要です。見積りを出しますので、検討してみてください」

何だ、応急処置だったのか。だったら、升の詰まりの原因は、はじめに見に来た日に把握していたのだから、何も排水車など必要ではなかったのではないか。

それを理由に予想を超えた工事代金を請求されでもしたら、かなわないな、と思ったが、もうあとの祭りだった。それでも、篠原氏から怒鳴り込まれることはないのだと思うと、私は澄み切った青空を見渡すときのような晴れやかな心持ちになれた。

私はふと、篠原宅に電話をかけてみる気になった。工事が終了したことを報告するためだった。彼がどんな反応を示すか、試してみたかったのだ。だが、電話口から流れてきたのは、不在を伝える音声であった。

そのときの応答が、「○○研究所です」だったので、私は番号を間違えたのかと思い、もう一度、かけ直してみた。が、応答に変わりはなかった。○○の部分がよく聞き取れなかったことも同じだった。いったい、何を研究しているところなのだろう。他人が出入りする気配がまったくないところをみると、一人で何かの研究に打ち込んでいるのであろうか。だが、どんなに想像をめぐらしてみても、私が知る彼の実像に、研究者のイメージを重ねることは、きわめて難しかった。

不意に、「年金まで取られちゃって……」と嘆いていた篠原さんの言葉が脳裡に蘇った。医者に通うにも、子どもが親に小遣いをねだるように、いちいち息子に頼み込まなければ、お金をもらえない、とこぼしていた。

そういえば、あの凄まじい怒鳴り声のあいだに、篠原さんの口から漏れるらしいかすかな声が聞き取れることがあった。私には、それが、自分の年金を自由に使うことを阻む息子への抗議や哀願の声に聞こえるような気がしてならなかった。

だとしたら、それほどまでに息子が母親の年金に執着して放そうとしないのは、どういうことなのだろうか。つまり、押しかけ同然に現れた息子には年金を受給する資格がないのではないか。私にはそうとしか思えなかった。

社会のなかで働くという経験を、彼が持っているかどうかは分からない。一時期でも働いたことがあったとしても、受給資格を満たすほどの期間ではなかったのかもしれない。

隣人に挨拶も交わさなければ、笑顔を見せたこともない、実の母親にさえ虐待を働いてしまう彼という人間の背景に、そういうことを想像せずにはいられない気がした。

木立に囲まれた篠原家の前を通りかかるたびに、私にはいつしか、玄関先に目を転じてしまう癖がついてしまっていた。夕暮れどきの玄関先でタバコのパイプを口に咥えた篠原氏の視線と真っ向からぶつかってしまって以来のことである。射すくめられたような鋭い眼光に恐ろしさを感じながらも、なぜか止められなかった。

そんな得体のしれない不気味さを感じさせる篠原氏にたいして、私は大胆にも彼との直談判を試みようとしていたことを思い返していた。それも、自分の家でありながら、肩身の狭い思いに耐えて暮らさねばならない篠原さんのために、何とか力になりたいと願えばこそのことであった。

しかし、あの気色ばんだ篠原氏の怒鳴り声が耳に蘇ってくると、私は急に激しい心拍に襲われ、震えが止まらなくなるのだった。

もはや、話せば分かってもらえるという私の思いは、完全に打ち砕かれてしまったのだった。

私が篠原さんにしてあげられることは、たまに道で会ったときに、彼女の話を聞いて、慰めたり、励ましたりすることぐらいしかなくなった。

家に上がってお茶でも、と誘ったこともあるが、おそらく息子の目を恐れてなのであろう。篠原さんは、「お気持ちだけで……」と軽く頭を下げただけだった。

だから今日も、誘いの声をかけるのを、私はためらってしまったのだ。

五

四月に入って間もないある日、出先からもどると、郵便受けに町会の回覧板が差し込まれていた。二つ折りのファイルを開くと、組会員の名前と、それぞれが回覧を見た日付とサインを記す細長い用紙が、一番上の用紙にホチキスで止められていた。

昨年度の組長は手書きで作成していたから、梅沢が用意したのだとすぐに分かった。彼女が班長を務める班は六組で構成されているから、おそらく六通りの回覧メモを作成したのに違いない。そんなところにも、新しく班長となった梅沢の心意気が込められているのが感じられた。

一枚目は、「防犯パトロールの実施について」と題した町会からの通達だった。これまで、こうした類いのものが回ってくることは、ほとんどなかった。が、この件は、先だって梅沢から聞かされていたので、何が書かれているのか、非常に興味を引かれた。

はじめに書かれていたのは、町会で防犯活動に取り組む意義についてであった。防犯パトロールは、町会規約にもとづく自主的な防犯活動だと述べていた。

そのあとに続く文章へと移ったとき、私は目を疑った。そこには、当番者は必ず参加すること、万一、都合がつかない場合は、家族のなかから代理を出すこと、それも不可能な場合は、町会理事長まで連絡すること、と書かれていたからだ。

まったく、これではまるで「強制」そのものではないか。私のような独り暮らしの者には代理を出しようもないし、一身上の都合で参加できない連絡を、班長にではなく、町会長にでもなく、なぜわざわざ理事長にまで連絡しなくてはいけないのか。

そうまでして防犯パトロールをやらなければならない理由とは、いったい何なのか。そんなこだわりを抱くこと自体がおかしいのだろうか。

そうした疑問を確かめるため、私はパソコンで市役所の公式ホームページを開いてみた。

そこで分かったのは、市で防犯パトロールのボランティアを募集していることであった。その条件として挙げられているのは、ボランティアにたいする理解と熱意があること、健康であること、そのために時間を割く余裕があること、などであった。希望者には防犯用具や制服を貸与されるとも書かれている。

同じ記事のなかで、町会ぐるみで取り組まれている事例も紹介されていた。が、それらはいずれも数年前に書かれた報告ばかり。どうやら、我が市では防犯パトロールとやらが、それほど活発にやられてはいないようだ。

と、いうことは、防犯パトロールにたいする市民の関心や支持がそう高くはないことを示しているようにも読み取れた。

それなのに、よりにもよって、定例の行事をただこなしているようにしか見えないこの町会が、年に一回の総会で、突然実施を決めてしまうということが、私には何とも不可解でならなかった。

百歩譲って、そういうことがあり得たとしても、会員それぞれの置かれた状況や、その問題にたいする意見などを聞くことなしに、強制的に駆り立てるという無謀なやり方に、異議を覚えずにはいられなかった。

私は引き出しから、町会の会員名簿を取り出した。いまは個人情報の関係で発行されなくなっているが、最後に発行された平成七年度のものである。この界隈にある医院や金融機関、企業、商店からの広告料で作成されたと書かれている。

私の目的は、そのはじめのほうにある「町会規約」を見ることだった。そのなかの「事業」には、五項目が挙げられており、そのひとつに、防犯パトロール実施の根拠とされた「防災（防火、水防、防犯、交通）環境衛生対策」があり、「住民の生活に直結する市行政機関との連絡・協力」という項もあった。

えっ、行政機関との連絡・協力って？

私はここで、自分がとんだ思い違いをしていたことに気付かされた。町会というのは、自治体行政の下部組織にあたるものとばかり思い込んでいたのだが、そうではないらしい。それなら、自治体行政から何らかの委任を受けて町の運営にあたる組織なのだろうか。

商社を退職した五十五歳からこの町に根を下ろすようになって、すでに十五年も経つというのに、いまだにこんなことを知らない自分が、我ながら情けない。だが、いちいち他人に教えを請うのもためらわれるし、第一その時間もない。

こういうときの頼みは、インターネットにかぎる。パソコンの前に座り、「町会」とインプットして検索してみた。そうか。町会（町内会）というのは、都市の一部分である町において、その住民等によって組織される親睦、共通の利益の促進、地域自治のための任意団体だとのこと。つまり行政組織とは法的に無関係な存在なのだということが、「ウィキペディア」に書かれていた。

だとするなら、町会で市が推進する防犯パトロールに取り組むことは、住民等にとって親睦や共通の利益の促進に繋がるものだと、はたしていえるのだろうか。

今は亡き義母が町会に関わっていたころは、毎年恒例の盆踊りが、小学校の校庭で盛大におこなわれていたものだ。老人会も組織されていて、日本舞踊をたしなむ義母が、八畳が二間続いた部屋で、近所の女性たちに盆踊りの踊り方を教えていた風景が懐かしく思い出される。

義母は花見や日帰りの旅行などに出かけるとき、「町会の老人会で」とか、「町会で」というのだとよく言っていた。住民の生活と町会とは、それくらい密接な繋がりがあった時代があったのだ。しかし、いつのころからか、盆踊りはなくなり、町会で花見をすることもなくなった。日帰りの旅行はたまに行われるが、そう人は集まらないようだ。

また、町内に亡くなった人が出れば、隣り近所の人たちが通夜や葬式の手伝いをする習慣も、まったく見られなくなった。

それどころか、知らぬ間に誰かが亡くなっていたりすることが多くなった。身内だけで、ひっそりと弔っているのだ。また、誰にも告げずに、一つの家族がそっくり蒸発してしまう事態までが生まれている。

未曾有と呼ばれる格差と貧困の深まりが、住民の生活や絆を引き裂いたり、脆弱なものにさせてしまっているのであろう。

そして世代交代が行われた家や、他所から転居してきた家が増加していくなかで、人と人との絆を育む町会のありようも、おのずから以前とは違った模索や検討がなされる必要があるのではないか。

そうした努力を積むことなく、強引に進められようとしている今回のやり方に、私と同じような疑問にとらわれる人がいたとしても、何ら不思議ではないはずだ。ただ、ことを荒立てたくないと思う人たちが、まあ、しかたがないとか、適当にやればいいんだとか、そう割り切ることで、何とかやり過ごそうとしているだけのことなのではないのか。私はそれを確かめてみずにはいられなくなった。

六

翌日の午後四時ごろ、私は買い物にいく格好をして外に出た。どうか長谷川さんと話ができますように。そう願いながら、篠原宅から三軒先にある長谷川宅のほうに歩いていった。

私より六歳上にあたる長谷川仙蔵は、どちらかと言えば気むずかしいタイプで、自分でも、「変わり者」と称しているくらいだった。

そんな彼と、十年前に世を去った夫とは、どこか気が合うらしく、日曜日など姿が見えないなと思っていると、彼の家に上がりこんで囲碁の相手をしているのだった。誘われて魚釣りにも、よく出かけていた。そんなわけで、私がこの付近で話ができる一番古い知人といえば仙蔵にほかならなかった。

仙蔵夫婦は、何年か前から、共働きの息子夫婦一家とともに、改築された家で暮らしている。路上で二人の孫と睦まじく遊ぶ祖父の一面を見せる一方で、仙蔵は喜寿を迎える歳になっても、長らく勤しんできた縫製の仕事を手放さないでいる。

特別な技量を必要とする仕事への矜持と愛着なのか、それとも「子どもらの荷物なんかになるもんか」という仙蔵らしい一徹さゆえなのか。多分、両方なのであろう。

塀で囲わない仙蔵の家の前まできたとき、仙蔵は仕事の手が空いたらしく、工業用ミシンが置かれた仕事場の前にある濡れ縁に腰を下ろして、飼い猫のミーをかまっているところだった。しめしめ。私は心のなかでそうつぶやきながら、「こんにちは」と声をかけた。

仙蔵は顔を私のほうに向け、「お出かけ？」と、聞いてきた。

「いえ、ちょっと、そこまで買い物」

「やっと春らしくなってきましたねえ」

仙蔵はミーを膝から下ろすと、こっちのほうへ歩いてきた。まさに、チャンス到来だ。

「長谷川さん、ちょっとお尋ねしたいことがあるのですが」

私があらたまった調子でそう言うと、仙蔵は前歯が欠けてさえなかったら、かなりの男前に見えなくもない顔を傾けて、「何ですか」と聞いてきた。

「実は……」、と私は立ったまま、防犯パトロールの一件を話した。道路を隔てて、町会の班は異なるが、回覧はまだ回ってきてはいないようだった。

仙蔵は「うん、うん」とうなずきながら、私の話を聞いていたが、私の話がひとまず終わると、

「まったく、あきれた話ですね。きっと、そんな馬鹿なことをやらせたい奴が、どっかにいるんですよ。自分らの点数稼ぎにさ」

と、いつもの皮肉っぽい調子で言った。

「やっぱり、そう思います？」

「そりゃあ、そうですよ。たったの三十分パトロールしたからって、空き巣やひったくりがなくなるわけじゃあるまいし。年寄りばかりのパトロールなんか、誰が好きこのんでやりますか」

「だったら、なぜ、総会で反対の意見が出ないのでしょうか」

私は町会なんかと軽視したことが悔やまれた。何とか都合をつけて出席しておくべきだった。そんな思いに駆られながら尋ねた。

「総会と言ったって、ただの寄り合いですからね。議決なんかするわけじゃなし、上の誰かが何か言えば、そのまま通ってしまうわけですよ。そういう長い物に巻かれろってのは嫌だもんで、うちは二人とも顔を出さないことにしてるんですけどね」

やっぱり、と私はうなずいた。

「だけど、これまでは赤い羽根の共同募金にしろ、社会福祉協議会の募金にしろ、強制ってことはなかったでしょう。なのに、何が何でもやらせるってのは、とにかく異常ですよ」

仙蔵の言葉に、私は勢いづいた。

「ですよね。私が一番言いたいところもそこなんです。何か、昔あった隣組なんかを想像してしまって恐くなるんです。戦争の記憶をもたない私が言うのも変ですけど」

「いや、よく、分かりますよ。他の人と違う意見を言ったり、行動をとったりするだけで非国民扱いされたり、捕まったりもするんですからね。私の家は父親が南方に出征したきり、もどってはこなかったんで、私のほかに二人の子どもを抱えて、苦労ずくめだった母親を見て育ちましたからね。あの時代にもどるのはまっぴらですよ」

初めて聞く仙蔵の話に、興味深く耳を傾けていると、買い物にいったらしい仙蔵の妻が自転車で帰ってきた。私が挨拶をすると、「そこの小学校の桜がとっても綺麗よ」と、彼女が言った。愛想はよくないが、飾らないきさくな人なのだ。

そのとき、ジャンパーを着た篠原氏が歩いてくるのが見えた。私はわざと道路に背を向けて立っていたが、彼は同じ町会の仙蔵夫婦にすら挨拶をせずに通り過ぎていった。私がいたからかしら。そう聞いてみると、いつもああいう感じだと、仙蔵が応えた。

「あの人の目、何だか、薄気味悪いよね」

と仙蔵の妻が言った。

「前に電話をしたとき、留守番電話で、何とか研究所です、という応答だったのですが、何を研究しているのか、ご存知ですか」

私がそう尋ねると、仙蔵は「さあ」と首を傾げながら言った。

「何か、胡散臭い感じがしますよね。でなかったら、おばあちゃんの年金まで奪ったりはしないでしょう」

ああ、そこまで知っているのか。だとしたら、町会の役員たちに知れ渡っていたとしても、何ら不思議ではない。かといって、町会の名で何らかの措置を講ずるというわけにもいかないだろう。だが、いかないなりに、何ができるのかを、みんなで話し合うことに、町会の役割があるのではないだろうか。それをしないで、何が防犯パトロールだ。

私はその思いを口にした。そして、すでに心に決めていたことを明かした。

「だから、私、理事長さんにちゃんと理由を言って、防犯パトロールには参加しないことにします。それで、組のみなさんには私の思いを書いた手紙を付けて、回覧させてもらいます」

仙蔵は当然だというような顔をして言った。

「私だって、やれと言われても、やりはしませんよ」

「そうだと思った。だからお尋ねしてみたんです。ありがとうございました」

私は温かな思いを抱きながら、仙蔵夫婦の元を離れた。

辺りはいつのまにか薄暗くなり始めていた。買い物はもうどうでもよかったが、いまが見ごろだという小学校の桜だけは見ておかなければと、足を早めた。

細い小径を曲がると、小学校のフェンス越しに並んで立っている六本の桜の木が見渡せた。黄昏どきの空に映える桜は、ことさら美しく感じられた。私はそれらの下をゆっくりと歩いた。

ふと、何年も前のことが思い出された。

赤旗日曜版の読者であった八十代半ばの老女を、車椅子でここまで連れてきたことがあった。元日の朝、私が作ったおせち料理を届けたときと同じように、彼女は子どもみたいに手をたたいて喜んでくれたものだ。

骨粗鬆症で歩行が困難だった彼女に、介護保険の適用を受けられるよう手続きをとってあげたのも私だった。短歌を詠み、折り紙が上手な彼女は、週一回のデイサービスでは、たちまち老人たちにも、職員たちにも頼りにされる存在となったのだった。

七十歳まで家政婦をして働き詰めだったという彼女の晩年に、いくらかでも彩りを添えられたことは、自分の母には面倒をかけ通しだった私にとっても、望外の幸せだった。

そうだ。せめて篠原さんにも、生きてきてよかった、という思いを味わわせてあげられないものだろうか。その願いは、風に舞う桜の花びらのように、私の胸に降りてきた。

篠原さんも彼女のように、長いこと人間とのつながりを大切にする社会のなかで働いてきた人だ。デイサービスに通うことが可能になれば、篠原さんの生きる世界も、いまとはかなり変わったものになるはずだ。

でも、その実現のために、一人で動くことにはためらいがある。ここはひとつ、この前、見かけた民生委員の方に相談してみることにしよう。長谷川夫婦だって、きっと応援してくれるだろう。

私はなごりを惜しむように、桜の道をゆったりとした足どりで引き返した。

秋の知らせ

一

そろそろ梅雨入りの季節だというのに、一向にその気配がなかった。それどころか、日本海側を中心にした地点では、早くも真夏日到来と、その異常気温の更新記録とが、一週間ぐらい前から報道されていた。

私が住むC県の内房辺りでも、五月末日には真夏並みの気温に上昇し、それから三日連続の真夏日となっている。

六歳と三歳の息子を抱えながら、国の出先機関であるハローワークで働く三十八歳の私でさえ、この不意打ちといってもよい異常気象についていくのはやっとのことだった。

さぞかし堪えたに違いなかった。何しろ彼女は、二十九日、三十日と休んだうえ、土、日をはさんだ六月二日になっても、まだ姿を現さなかったのだから。

女性にしてはがっしりした体格で、快活そうな笑い声を立てる彼女のことを、「更年期障害だってさ」と揶揄を込めた言い方をする人たちもいた。が、当の本人は、まったく気にしない素振りを示していた。

見たところ、事業主へのサービスを目的とする雇用保険給付課の仕事は、彼女にとってあまり馴染みのない部署のようだった。赴任してきた当時の私がそうであったように、彼女はしばしば机の引き出しからマニュアルを取り出しては、真剣な目をして読んでいたからである。

これが大方の男性上司なら、たとえ仕事に精通していなくても、部下から提出された書類を、「大丈夫だね」「間違いないね」と決裁の認印を押すであろう。だが男勝りに見える彼女のような女性でも、そんなふうに振る舞う度胸も、「要領」のよさもなかったのかもしれない。

それに、たとえ課長であろうとも、郵便局のように窓口から離れたところで、管理者としての仕事に従事していればよいというわけではなかった。部下の職員や非常勤の相談員と同じように、受け付けや相談に応じなければならなかったのだ。課長席はカウンターを前にしたところにしかなかったからだ。

それは、課長が男性であろうと、女性であろうと、変りはなかった。だが、その外見から役付きと分かる男性課長と違って、彼女の場合は、給付課を訪れる事業主たちから、課長だとは気づかれないまま、五十代、六十代の相談員と一緒に窓口業務に徹しなければならないのだった。

だから、部下から提出された書類の決裁を日中に処理できる男性課長と比べて、女性課長は明らかに不利な立場にあった。

それだけに、彼女の胸中が思いやられた。

もしかして――。

ふと、ある想像が頭の片隅に浮かんだ。


めったなことでは顔を出さない所長が、民間ビルの五階にある雇用保険給付課にまで次長を伴ってやってきたのは、その日の夕方のことだった。一年契約で三年間雇用される四人の相談員はすでに退庁したあとだった。

端整な顔立ちをした五十代半ばの所長と定年まであと一年もない次長は、カウンターの向かい側に立った。

そして、二つの係長を兼務する私と、入庁四年目の磯貝と、育児休業中の代替職員である楠田の三人に向かって、こう告げたのだった。

「かねてより体調を崩しながらも、頑張ってこられた久保田課長から、先ほどうつ病による二カ月の休職届が提出されました」

やっぱり、そうだったのか。私の予感は的中したのだった。

「そこで、お願いですがね」

と、所長が言葉を改めた。

「みなさんにはたいへん忙しい思いをしていただくことになりますが、まあ、二カ月の辛抱ですから、どうか早川係長を中心に、相談員のみなさんとも協力し合って、この緊急事態を乗り切っていただきたいのです」

所長は私の名前を挙げたとき、ちらっと私のほうに視線を向けた。

二カ月の辛抱だなんて——。

労働組合の委員長もしたことがあるという所長の顔を見つめながら、私は胸のなかでつぶやいた。

私に言わせてもらうなら、久保田課長に振り回されたといってもよい、この二カ月のあいだだって、辛抱のしどおしだった。いや、そうではない。そもそも県内一忙しいハローワークと呼ばれる、この職場に赴任して以来ずっとそうだ。私はいつも「辛抱」を自分に言い聞かせてきたのだ。

そこから、仕事に馴れるまでの六カ月間を差し引いたとしても、一昨年の十月からの忙しさは尋常なものとはとうてい考えられなかった。

昨年四月に転勤してきた所長は、そうした状況をしっかり認識したうえで、私たちにさらなる辛抱を押しつけようとしているのだろうか。

そんな不信の色を漂わせて見つめていたに違いない私の視線と、所長とのそれとが不意にぶつかった。

何か言わなければ、と私は思った。けれども人前で話すことに馴れていない私は、すかさず行動に移すタイミングを失っていた。

所長がふたたび、口を開いた。

—久保田課長の代わりは、どなたかが来ていただけるのでしょうか。

私が口に出せなかったその質問に応えるかのように、所長は言った。

「それでですね。課長の代行は次長にお願いすることにしました。ですが、次長には本来の仕事があるわけですから、こちらの課に常に張り付くというわけにはいきません。その点をご承知おき願いたいのです」

所長の傍らに立って、三人の顔を見渡していた次長は、心もち笑みを浮かべながら頭を下げた。

久保田課長と同様、二カ月前に赴任してきたばかりの次長は、県労働局での勤務が長く続き、ハローワークの業務には疎いらしいとも噂されていた。

そんな次長に、そう単純とは言いがたい雇用保険の給付業務と態勢を統括する課長の代行が、はたして務まるのだろうか。次長を課長代行にすることが、単なる表向きの人事にすぎないのだとしたら、いまより仕事の負担が軽減されることは、誰にとっても絶対にありえないのだ。

これまでやってこられたのだから、これからも何とかやれるだろう。そんな程度の判断をされているのだとしたら、まったくたまったものではない。

ここで黙って受け入れてしまってよいのだろうか。いや、いいはずはない。だとしたら、二つの係長を兼務している私が意見を述べるしかないのではないか。

しかし、ここで何か言うのは場違いな気もした。それなら、どうすればよいのか。そんな逡巡にとらわれている私の前で、所長はあたかも眼前の扉をさっと閉ざすかのように言った。

「それでは、早川係長、いいですね。よろしく頼みますよ」

私たちを待っているこれからの事態は、けっしてこんな軽い言葉で締めくくられるものではないはずだ。私の心にようやくスイッチが入った。

「お言葉ですが、私にはとても承服できかねます。これまでだって、まったく余裕のない態勢のもとで、みんな精一杯頑張ってきたのです。それなのに、まだ頑張れとか、辛抱してくれ、とおっしゃられても、これ以上は、とても無理です。もう限界です。ちゃんと実情に見合った対応策を提示していただかないと、職員と同じように頑張ってくれている相談員のみなさんにも大きな負担をおかけすることになりますし、私たちだって、いつ久保田課長みたいに倒れてしまうことになりはしないかと、不安でなりません」

私はそう言いながら、やや離れたところに立っている磯貝の横顔をそっと見た。細面の彼がかすかにうなずくのを私は認めた。

彼は最近、トイレにいくと言っては、二十分もカウンターの席を離れたり、昼の休憩時間が過ぎても、なかなかもどってこなかったりした。そのために彼は、彼の母親世代に当たる相談員たちのひんしゅくを買っていた。

けれども、誰が好き好んで、そんなだらしのない行動をとるだろうか。彼もひょっとしたら、入庁二年目の一昨年五月から休みを繰り返している男性職員と同じうつ病に罹り始めているのかもしれないではないか。

発言を閉じたとたんに、こういうときのいつもの習慣で、胸がドキドキしてくるのと同時に腰の辺りがまるで痙攣したように痛み出すのを、私はひそかにこらえた。

「お気持ちは、よく分かります。しかしね、早川さんも知ってのとおり、ハローワークの定員管理は総務省で決められていて、どこのハローワークも人員に余裕がない。うちの場合だってそうだ。だから誰かを動かしたくても、動かしようがない。それで、ここは次長に代行をお願いするしかないと。どうかその点を分かっていただきたい。とにかく二カ月の辛抱ですから、ねっ、お願いしますよ」

すでに腰の痛みは消えていた。言いたいことはまだあったが、私は不同意の意思を込めたつもりで、下を向いていた。

そして気がついたときは、所長と次長が肩を並べて立ち去る姿しか目に入らなかった。

二

私が三年間勤務したC県労働局から、ここのハローワークに転勤したのは、一昨年の四月、二男の育児休業明けから三カ月あとのことだった。

配属されたのは、職員六名、非常勤の相談員四名からなる雇用保険給付課という部署であった。そして配属と同時に、二つある係のうちの一方の給付係長に任命されたのだった。

大手の都市銀行で憲法を無視した男女差別とたたかいながら働き続けた私の母は、

「わあ、すごい。三十六歳で係長だなんて、銀行なんかと大違いだわ」

と驚いていた。

「でも、お母さん、係長と言ったって、管理職じゃないんだよ。だから女性だってね、係長までなら、誰だってなれるらしいよ」

私はそう応えたぐらいだから、たいしたことではないと受け止めていたのだろう。

そうは言っても、給付課は私がこれまで経験したことのない部署だったことに加えて、二人の子持ちになっていたため、仕事に馴れるまでは何かと戸惑わざるを得なかった。

一番つらいと感じたのは、給付課を訪れる事業主の姿が消え、ようやく自分が受け付けた書類の処理を終わらせることができても、他の職員たちと同じようには退庁できなかったことだ。引き続きその席で、部下が受け付けた書類の点検や給付計算の精査などをおこなわなければならなかったからだ。

おまけに、手元に置いたマニュアルを、いちいち開かないことには仕事を進められないこともあって、一時間に二本しかないバスの時刻に間に合わせようと思うと、気持ちが焦るばかりだった。

一歳二カ月になっていた悠は、入園後三カ月を経ても、園生活には馴染めず、何かと保育士さんの手を焼かせていたようだった。朝、長男の拓と悠を保育園に連れていくのは、夫の雅史の役目だった。が、迎えにいくのは私になっていた。だから少しでも早く迎えに行きたかったのだが、それが、なかなか叶わなかった。

そうして、やっと子どもたちを迎えにいき、家へ帰ってくれば、たちまち悠の「おっぱい」ねだりが始まる。「ダメよ」と言ったところで通じる相手ではないので、やむを得ず悠の要求に応えざるをえない。

「さあ、ママはご飯の支度をするからね。いい子にしててね」

そう言って、キッチンに立てば、今度は私の足にしがみついて、抱っこをせがんでくる。思わず大声で怒鳴りつければ、わあわあ泣き出す始末だ。

ただでさえ食事作りには、神経を使っていた。何しろ拓が食物アレルギーを抱えていたので、卵、小麦粉、胡麻、乳製品などを除去した献立を用意しなければならなかった。そのために、彼の分だけ別のメニューを考えたり、フライパンやまな板を別にしたり、特別の神経と時間とを必要とした。それに加えて、悠のために離乳食を用意しなければならなかった。

悠の泣き声と私の怒鳴り声が渦巻く喧噪のなかで、やっと夕飯ができあがる。ところが、せっかく離乳食をこしらえたというのに、悠ときたら、口元に運ばれたスプーンを右手で払いのけてしまうのだった。

それでも、仕事はいつかマニュアルに頼らなくとも的確な処理ができるようになるだろうし、悠にしたって、いつまでもこんな状態が続くはずはないだろう、と私は思った。幼い子どもを抱えながら働く世の女性たちは、みんな同じような悩みを抱えながら歩いてきたに違いないのだ。そう割り切れる心の余裕が、そのころの私にはまだあった。

実際、複雑な給付係の仕事にも馴れ、手を焼いた悠の「おっぱい」離れもうまく乗り切った十月半ばのころだった。

「はじめは誰だって同じよ。そのうち馴れてくれば自分のペースを掴めるようになるから大丈夫よ」

そう励ましてくれたことのある、継続給付担当の長峰係長が産休に入ることになり、男性の課長は、私に両方の係長を兼務するよう言い渡したのだった。

考えてもみないことだった。雇用保険給付課に二つの係を置いていないハローワークがあることは知っていた。しかしそれは来庁する顧客数との関係から二つの係、二人の係長という態勢がとられているのではないのか。それなのに、まだ二歳にもならない子どもとしばしば熱を出す五歳の子どもを抱えて働いている私に、二つの係長をやれだなんて。

「そんな、無理ですよ。絶対に無理です」

私は必死になって抵抗した。

「所長には僕もそう言ったよ。だけど、早川さんも知っていると思うけど、定員管理というのがあって、減員にならないかぎり、職員の補充はないんだよ。そうである以上は、残された人たちで助け合うしかないでしょう」

五十代に入ったばかりの課長は、私にそう説得するのだった。私は何を言っていいか分からず、口をつぐんでしまった。そんな私を取りなすように、課長は続けた。

「まあ、その代わりに、アルバイトなら、うちだけの裁量で採用できるから、長峰さんが産休を取っているあいだはそうしてもらうことにして、二年間の育児休業に入ったら、これは決まりで、期間限定の代替職員が配属されることになっているから、一応人員としては確保できるからね」

「二年間の育児休業」というのは初耳だった。

四十二歳で初めて妊娠した長峰係長が、二年間の育児休業を申請した気持ちはよく理解できた。

だからといって、それまでのあいだ、二つの係長兼務を私に課せられることは納得いかなかった。だが私にはどうしようもなかった。結局、黙って従うほかなかった。

年が改まった一月半ばに、ようやく代替職員の楠田という四十三歳の女性が配属されてきた。聞くところによれば、彼女は他所のハローワークで給付課の係長を経験したことがあるという噂だった。

そうした経歴の持ち主であっても、彼女は期間が定められた臨時職員の処遇でしかなかったから、加重になった私の負担が軽減されるわけではなかった。

楠田は、臨時職員であることをわきまえてか、それとも何か事情があってか、余計な口出しや手出しをいっさいしない代わりに、自分が受け付けた仕事を、ただ黙々とこなすだけだった。

しかも彼女は、午前中はけっしてカウンター席に座ろうとはしなかった。それが採用時の条件とのことだった。だから、どんなに窓口が込み合っていても、われ関せずの態度を通しているのだった。

「係長までやった人が何で？」

継続給付窓口担当の六十代の女性相談員が、そうした傍若無人の楠田の態度について、不満の声を上げるのも無理はなかった。

そのため、午前中の継続給付の担当窓口は、彼女と五十代後半の女性相談員二人でおこなうしかなく、片方が休みのときには、午前中は一人きりになってしまう。相談員の笹本は口をとがらせ、そうこぼすのだった。

「それを見て見ぬふりなんて、信じられませんよ。だってね、早川さん、私たちは職員と同じ仕事をしているのに、勤務時間がたった十五分短いだけで、給料も少なければ、ボーナスも出ないんですよ。なのに、ボーナスをもらえるあの人が、そうやって好き勝手できるなんて。おかしくないですか」

子育てから解放されたあと、公務関係の職場を渡り歩いてきた人らしい、率直な意見だと思った。

「よく分かります。笹本さんの気持ち。私の口から何か言ってあげられればいいのだけど、楠田さんとは昼休みも交代で、必要なこと以外は話したことがないし、それに私より先輩だと思うと、何となく気後れしちゃって。でも、その代わりに、課長には私からお願いしておきますね。誰が言ってたなんて話しませんから」

私は笹本相談員にそう約束した。

ある日、楠田が休みのとき、その約束をはたすため、私は採用時の条件云々について、課長に確かめてみた。

すると、課長はいかにも困ったような顔をしたが、その点について否定しなかった。

「ハローワークなんてさ、昔から人気のない職場と言われているうえに、とくにうちは県内一の忙しい職場というレッテルが貼られてるからね。臨時職員を募集したって、そうそう来手なんかありゃあしない。だから、どうしたって、知り合いのなかから探してきて、頭を下げるしかないんだよ。そうなると、相手の条件を呑むしかないじゃないか。まあ、ここだけの話だけどね」

と口元に人差し指を当てながら、課長はそう言うのだった。

課長から釘を刺された以上は、笹本相談員には明かせない。だが、彼女のためにも、これだけは言っておかなければと、私は息を整えた。

「でも、継続給付の窓口を相談員さんだけでというのは、同僚として、なんていうか、とても気の毒に思います。第一、訪ねて来られる事業主さんから見ても、不自然に見えたりしませんか」

すると課長は首を傾げ、苦笑いをした。

「そうかな。だって、誰が職員で、誰が相談員かなんて見分けがつくはずがないし、早川さんの考えすぎだよ。それにさ、楠田さんが窓口に出ないのは、午前中だけのことなんだし、それぐらいは目をつぶってやってよ」

と煙に巻かれてしまった。

私は内心呆れかえっていた。

「午前中だけのこと」と言うなら、臨時職員の楠田にたいしても、同じことを要求できるではないのか。課長から話してもらえば何とかなるだろう、と考えていた私のもくろみは、脆くも崩れてしまった。

それから一年半の月日が流れたが、その件については、何も変わってはいない。

久保田課長が更年期特有のうつに苦しみながらも、元気を装って窓口に出ていたのを、彼女はどんな思いで眺めていたのだろうか。

私は折をみて、彼女とじっくり話し合いたいと思いながらも、その機会を見つけることができなかった。

三

二カ月の辛抱――。

所長はそう言ったけれども、久保田課長は復帰せず、休職はさらに十月まで延長された。

二カ月前、私から課長の休職を知らされた四人の相談員たちは、「ああ」とか、「やっぱ

りね」とうなずいていたが、

「それにしても、私たちに一言の挨拶もなく休職だなんて、どういうこと？」

「ほんと、課長なのに、ありえない」

と、明け透けに彼女を非難したものだった。

挨拶がないことへの非難は、今度はさらに激しい言い方に変わっていた。

なんでも、久保田課長がたこやきだか、鯛焼きだかの包みを手にして、庶務課へ入っていくのを、誰かが見かけたとのことだった。四階の庶務課まで来ているのに、五階の給付課まで上がってきて、「ご迷惑をおかけしてすみません」くらいの挨拶を、なぜできないのか。子どもじゃあるまいし、気が知れない。などと、まるで容赦なかった。

そこが、気安く雑談を交わせる昼休みの場であったこともあるだろうが、課長が休職に入って半月も経ったころに判明した、ある不始末の張本人が彼女自身でさえなかったら、こうもぼろくそに言われはしなかっただろう。

課長は自分が受け付けた未処理の書類を机の引き出しにしまい込んだまま、休みに入ってしまったのだった。

たしかに課長にあるまじき行為だと、私もはじめは思った。口には出さなかったが、軽蔑さえ覚えた。

だが、そうした分別も失うほど、彼女の心は蝕まれていた。そう見てあげることも必要なのではないのか。いまはそう思うようになっていた。

だから、課長が挨拶に来られないことについても、

「メンタルな病気の苦しみは、罹った人でなければ分からない、って言われているじゃないですか。こうしようと思っていても、なかなか思いどおりにいかないものなんですってよ。私だって、いつ、そうなるか、分からないから、他人事には思えないわ」

こう言って擁護せずにはいられなかった。

そんな私を、相談員のなかで一番年長の笹本は半ば呆れたような顔をして、

「課長がいなくて、一番迷惑をかけられているのは早川さんなのに、お人好しもいいところだわ。オートバイまで買って、一人で残業しているんでしょう。こんな華奢な身体でオートバイに乗るなんて、私は心配で見ていられない」

そう言うと、笹本と仲のよい五十代後半の相談員も口をそろえて言った。

「ほんとよ。このごろ顔色も悪いし、痩せてきたねって、さっきも笹本さんと話していたのよ。一人で何もかも背負ってしまって、身体を壊したら元も子もないのよ」

「そう。課長は独身だから、まだいいけど、係長が倒れてしまったら、一番かわいそうなのは、お子さんたちなんだからね」

私は課長から迷惑を受けているわけではない。彼女たちにそう思わせてしまう、何か目に見えない空気のような、圧力のようなもの。そういうものへの納得がいかない気持ちを、私は彼女たちに伝えたかった。

だが、私の身体を気遣ってくれる彼女たちの優しさに触れたとたん、私の目に涙が滲んできて、それを口にすることはできなくなった。

「ありがとう」しか言えないでいる私を、二人はまるで自分の娘をいたわるかのように、頭を撫でたり、肩をたたいたりしてくれるのだった。

八月中旬のある日、私はいつものように一人居残って仕事をしていた。

明日、明後日と出勤すると、土、日に続く夏期休暇の予定が続いていた。だが休暇明けには、未処理の書類の山が待っているに違いなかった。だから、遅れ遅れになっている書類のチェックや精査を残して休むわけにはいかないのだった。

私は何か追い立てられているような焦燥感と同時に、持って行き場のない怒りにとらわれていた。育児休業中の係長をも兼務し、資格も権限もない課長の仕事までさせられているのに、私が休んだときには、誰も代わってくれる人がいない、ということにたいしてだった。

課長の休職が延期されても、名ばかりにすぎない「課長代行」を、次長は一向に改める気配はなかった。給付課がどんな問題を抱えているかなど、まるで気にかけてなどいないようすだった。

書類の手続きが滞ることへの心配を、私が口にしたら、次長はどう応えるだろうか。「じゃあ、僕がやるよ」などとは、絶対に言わないだろう。「どうせ、二週間前の仕事を処理しているんだろう。だったら、一週間ぐらい溜めたって同じことだよ」と言われかねなかった。

それなら、給付課で係長の経験があるという臨時職員の楠田に頼んでくれるだろうか。「君から頼んでみたらどう」なんて言われそうな気がする。だが、私にはできない。

このあいだ、職員と相談員が二人、夏期休暇を取っていて、窓口が午前中から非常に立て込んだことがあった。私は思い切って楠田に、窓口に出てもらえないかと頼んでみた。彼女は黙って応じてくれたが、翌日はもう、知らぬ顔をしているのだった。窓口は同じように込み合っていたのに。

私に係長としての能力が欠けているから、そんなふうに見下されてしまうのだろうか。それとも、くそ真面目にやろうものなら、病気にもなりかねないから、自らを護るために、そうやって割り切るしかないのだろうか。

頭の片隅で、そんなことを考えていると、頭がおかしくなってきそうだった。

実際、こうして一人きりで仕事をしていると、不意に胸の動悸が始まったり、左腕に力が入らなくなったりすることがあった。

庶務課へ提出する必要があって、健康診断を受けたところ、貧血と低血圧とを指摘された。貧血については、内科での詳しい検査が必要だとも言われた。が、そのときは、私の身体に現われた症状は、このせいだったのか、とむしろ安堵する思いすらあった。

けれどもそのうちに、胸のなかにもやもやした煙が立ち込めてくるかのような息苦しさに襲われたときは、このまま死んでしまうのではないか、という恐怖感に怯えずにいられなかった。潮が引くように発作が去っていっても、また襲われでもしたらどうしよう。そんな不安がたえず私を脅かすようになっていた。

土、日を除く五日間の夏期休暇は、例年なら、二泊程度の家族旅行に出かけるのだが、今年は、悠の三歳児検診と、二泊三日にわたる拓のアレルギー検査の日程を入れていた。残る一日は延ばし延ばしになっている貧血の再検査にいくつもりだったが、いまの私には、それよりもむしろ心療内科の受診のほうが必要なのかもしれなかった。

私は壁に掛かった円形の時計を見上げた。あと数分で六時になるところだ。これからオートバイに乗って家まで約十五分、電動アシスト自転車に乗り換え、拓の学童保育所まで二分、拓を後ろに乗せて反対方向にある悠の保育園まで五分。悠を預けてもらえる七時ギリギリに間に合わせるためには、二十五分は見込まなければならない。

あと三十五分、もう一踏ん張りだ。私は自分に、そう気合いを入れた。

四

そのとき、労働組合の分会役員の清水が機関紙を配りにやってきた。

「あれっ、早川さん、また一人で残業？　大変だね」

職業相談部門の指導官でもある彼は、いつもこんなふうに声をかけてくれる。

民間ビルの三階で働く清水とは、こんなときぐらいしか顔を合わせる機会がないが、何となく親しみを覚えるのは、最初の職場で一緒に働いたときのよい印象が残っているからだろう。七歳上の清水は組合の青年部長としての役目を誠実にはたしていた。

「三階と四階のみなさんは、もう帰られたのですか」

「いや、まだ残ってはいるけど、一人きりというのはここだけだよ」

ああ、そういうことか。私は苦笑いをした。

「早川さん、少し顔色が悪いんじゃない。大丈夫？」

「相談員さんにも、同じこと言われました。実はいま、どうしたらよいのか、分からなくて悩んでいます」

その先をどう話そうか。私はためらったが、思い切って言った。

「清水さん、組合の役員をされていますよね。私の相談に乗っていただけますか」

清水はちょっと驚いたような顔を見せたが、すぐに、「いいよ。構わないよ」、と言った。

「私は来週、夏期休暇を取ることになっていますので、そのあとでもよいのですが、いま、少しだけでも聞いていただけたら、うれしいです」

「うん、分かった。じゃあ、ここでいいかな」

清水はこだわるようすもなく、カウンターのなかに入ってきて、私の隣りの席に腰を下ろした。

私はこの六月からの尋常でない給付課の状況と、自分の健康状況について話をした。

うん、うんとうなずきながら、私の話に耳を傾けていた清水は、

「そうかあ。聞いてみないと分からないものだな。管理職会議では、特別、問題はないみたいな報告しか受けていなかったから、何とかうまく回っているんだと思っていたけど、そうじゃなかったんだ。早川さんの苦労は、よく分かるよ。たしかに、このまま続けていたら、病気で倒れてしまう」

真剣な顔をして、そう言った。

「さて、そこで、問題なのは――」

清水は思案するような顔つきになった。

「いわゆる公務員バッシング、公務員は働いていないとか、楽をしているとか、それを一つの根拠にして、定員管理を査定する総務省が、実態に合わないマイナス査定をもう何年も続けていることだ。職員はギリギリのところで働かざるを得ないから、どこの職場にも身体を壊して休職中の職員が続出している」

私はうなずいた。

「早川さんが抱える問題は、そこから発生しているわけだよね。つまり、休職した職員の代わりを求めても、どこからも来てもらえない。誰かを動かせば、そこに穴が開いてしまう。だから所長も、辛抱してくれ、と言うしかない。実に不合理な話だよね。早川さんは、そこを何とかならないか、と悩んでるわけでしょう」

私は清水の目を見つめて、「そうです」と応えた。

「ところが、我々の組合というのは、民間の組合の労使の関係と違って、国を相手にしなければいけない。つまりさ、県労働局を通して国から定員を管理されている以上、所長にたいして人員の補充を求める交渉なんかできないということなんだよ。所長といったって、単なる肩書きにすぎなくて、まあ、中間管理職みたいなものだからね。ほんとうはなりたくないと思ってる人が多いんだよ」

それは初めて聞く話だった。

「なぜかというとね。五十歳以上になると、賃金が上がらない仕組みになっているからなんだ。それでいて、労働局から、色々な締め付けがある。それならならないほうがいい、ということになる。次長も、課長も、そうだよ。なりたくなかったら、ならなくてもいいんだ。実際、そういう選択をしている人はいっぱいいるんだよ」

「えー、そうなんですか」

驚いている私がおかしいのか、清水が笑いながら言った。

「そういうわけで、組合は人事に介入はできない。それから、早川さんに代わって、組合が何かをやってあげるというわけにはいかない。なんて、突き放されるように言われてしまったら、早川さん、何のために僕に相談したのか、意味が分からなくなるよね」

「そうです」

私も笑った。

「じゃあさ、今日のところは、ここまでにして、早川さんの要求は何なのか、組合としてどんな援助やアドバイスができるのか、お互いに考えてきて、また話し合うということにしない？」

「そうですね。もう子どもを迎えにいかなくてはいけない時間だし、また、よろしくお願いします。今日は、私の話を聞いてくださってありがとうございました」

私は、そう言って、頭を下げた。

「僕のほうこそ、ありがとう」

えっ、どうして。そう思ったが、私は彼が組合の青年部長を二年務めたあと、転勤した職場で結婚したという妻のことを尋ねた。

「奥様とはいまも共働きをされているのですか」

「ああ、働いているよ。早川さんが自分のことを話してくれたから、僕も話すけど、実はうちの奥さんもね、うつ病で休んだり、出たりを繰り返しているんだよ」

「まあ、そうだったんですか」

「だから、早川さんのことも、心配で放ってはおけない。あの病気は、真面目に仕事をする人ほど罹るんだ。じゃあ、また、話そうね」

清水は椅子から立ち上がると、左手をひらっと振って、立ち去っていった。

五

家の裏手にある小さな林から蝉時雨の降る音が聞こえた。が、それらはすぐに拓と悠が遊びに興じている声にかき消されてしまった。

そうだ。今日は日曜日。枕元の目覚まし時計を見ると、間もなく七時になるところだ。いつもはタイマーを五時にセットしておくのだが、夕べはオフにして就寝したのだった。私の両脇で寝ていた二人は、布団から抜け出して、玄関から突き当たりの浴室へと続くフロアで、また私を怒らせるような悪さを働いているのであろう。

農業団体の事務所に勤務する夫の雅史は、昨日から出張でいなかったから、起き上がって、二人のようすを見なければと思った。

だが、身体のほうがいうことをきかない。それに頭痛もするし、肩も痛い。二時間も多く睡眠を取ったにもかかわらず、私の身体のなかに降り積もる灰のような重い疲労感は、みじんも消えてはいなかった。

せめてもう少し、眠らせてほしい。

二人が本気になってぶったり、蹴ったりの喧嘩にならないうちなら、いいよね。

そんな独り言をつぶやいたとき、ドアを開けてのぞき見た拓の顔とばったり合ってしまった。

「なんだ、ママ、起きてるじゃん」

その声に続いて、「ママー」と言いながら、悠が転がるように飛び込んできた。

「ねえ、今日は公園にいくんだよね」

拓が甘えるような口調で言った。

すると、タオルケットを掛けた私の上に腹這いになった悠までが、「いくんだよねえ」、と真似をする。悠はこのごろ、いつもそうだ。

ほんとうは、雅史が連れていく約束だったのだが、急な出張が入ったため、オジャンになってしまったのだ。私が代わりを務めようと思ったのだが、疲れが出てしまって叶わなかった。

「ごめん。ママ、今日もいけそうもない」

「何で、ずるい」

「ずるい」

「だって、ママはずうっとお仕事が忙しかったんだもの。分かってよ」

私は軽いめまいを感じながら、上半身を起こして、そう言った。

「知らねえよ。そんなこと」

「何なの、その言葉は。悠が真似するでしょう」

「うるせえ。ばばあ」

ああ、まただ。胸に錐を刺し込まれたような痛みを覚えた。

悠までが意味も分からないまま、まるでゲームの掛け合いでもするかのように真似をした。

私がもしここで拓の言葉に逆上すれば、「じゃあ、この家から出ていく」とか、「川に飛び込んでやる」、と言いかねないから、私は彼を睨んだまま、じっと我慢をする。どうせ嘘だと分かってはいても、ほんとうに玄関の扉を開いて出ていった彼を、追いかけたことがあるからだ。

今週の木曜と金曜の夜、拓は食物アレルギー検査のため一人で病院に泊まることになっていた。そのことは、ちゃんと聞き分けられる拓なのに、どうしてこうなってしまうのだろう。

怒りとも悲しみともつかない感情に突き動かされながら、私は口を閉ざしたままでいた。

すると、悠の「お腹が空いた」が、始まった。

「分かった、分かった」

私は自分に気合いを入れるようにして起き上がった。そのとたん、立ちくらみがしたかと思うと、腰からいっぺんに力が抜けていくような感覚に襲われ、へなへなと布団の上に座り込んでしまった。こんなことは初めてだった。

私は動揺を鎮めるようにして、拓に優しい声で話しかけた。

「拓、ママねえ、何か変なの。立てなくなってしまったの。しばらくようすをみるから、冷蔵庫から蒸かしたお芋を持ってきて、悠にあげてくれない」

「分かった」

ドアのところで、拓が振り返った。

「救急車、呼ぶの？」

「大丈夫だと思う」

「ママ、横になっていたほうがいいよ」

これまで六回も救急車で搬送されたことのある拓ならではの優しさに触れた気がした。それだけに、なぜ、という思いが込み上げる。

私は拓に言われたとおりに横になった。

だが、冷蔵庫から持ってきた蒸かし芋を、「お芋なんか食べたくない」と、悠が払いのけたことから、二人はいつものように掴み合いの喧嘩になっていた。

私は恐る恐る立ち上がってみた。大丈夫だった。私は壁を伝うようにして、ゆっくりした足どりで歩いてみた。

「立ってるじゃん」

私の身に起こっている異状を理解できないとはいえ、悠の言葉に傷ついてしまっている私に、彼はまた、「お腹が空いた」だ。

私は食卓にあったバナナをつかみ、「これで我慢して」と言い聞かせた。が、素直に聞き入れる悠ではない。

「じゃあ、勝手にしなさい」

私はソファーに腰を下ろし、一度ごね始めたら収拾のつかなくなる悠を無視することにした。

「ママなんか嫌い」とか「川に落ちて死んでしまえばいい」とか言われても気にするまいと、片意地を張った。

私はふと思いついて、両手で顔を覆った。そして泣く真似を始めた。拓と悠から、そんな言葉を投げつけられることが、どれほど悲しく、つらい気持ちにさせられるか、分かってもらうためだった。

そうしていると思いがけないことに、ほんとうに涙が出てきた。そのうちに私は、とうとう声を出して泣き始めていた。

こんなことは一度だってなかった。子どものころ、いじめに遭って、どんなにつらい思いをしても、家族の前でさえ、けっして涙を見せることのなかった自分が、いま、幼い子どもたちの前でこんな醜態を晒している。

いったい、どうしてこんなことになってしまったのだろう。私の心と体は、もう取り返しがつかないほど壊れてしまったのだろうか。

そんな制止の効かない混乱状態に陥っている私の傍に、拓が心配そうに寄り添ってくれていた。それがわずかな救いではあったが、覚束ない不安は胸のなかで広がるばかりだった。

ひとしきり、大声で泣きわめいていた悠も、いつの間にか床の上で眠ってしまっていた。

私はケータイを手に取ると、自分の迷いにとどめを刺すように、同じ市内で兄と暮らす母へ電話をかけた。

幸いにして、母はすぐ出てくれた。いつもなら、まず母に、「忙しい？」とか、「何か予定ある？」と確かめてから、拓や悠の面倒をみてもらう用件に入る。

だが、私は母の声を聞いた瞬間、

「お母さん、来て。私、もう、限界」

そう叫び声を発していた。

「どうしたの。何が、あったの」

驚いているような母の声に被せるように、私は泣き声でもう一度、言った。

「お願い。早く、来て」


玄関のドアを開けて、母が歩いてくる気配がした。

「おばあちゃんだ」と拓が立ち上がった。

リビングのドアを開けて姿を現わした母は、室内を見渡したあと、ほっとしたかのような表情を見せた。

そして、拓を抱き寄せながら、

「私はもう何かとんでもないことが起こってしまったのではないかと驚いて、タクシーで飛んできたのよ。でも、私の考えすぎだと分かってよかった」

私のほうを見てそう言った。

私はかなり前から、子どもたちに振り回されている愚痴を、母にこぼしていた。母はそのたびに、子どもというのはそういうものよ、と当たり前のように言って、私を諫めた。

「あんたがそうやって怒ってばかりいたら、何の効き目もありはしない。自分が疲れるだけじゃないの」とも言われた。

それでも、「死んでやる」とか、「家から出ていって」などという拓の言葉には、ずいぶん心を痛めたらしく、私の前で拓を諭してくれたり、ピクニックに誘ってくれたりして、何かと面倒をみてくれていた。

それでどうやら母は、子どもたちとの関係で、とんでもないことが起きてしまったのではないか、と早とちりしてしまったらしい。

そういえば、職場のことを、母にほとんど話してはいなかったことに、私は気づかされた。考えてみれば、子育ての不安も、病気への心配も、すべて職場の問題を抜きにしては語れないことだったのに。

私はいまだに整理のつかない胸のなかに渦巻く思いを、洗いざらい吐き出していた。


私の話を聞き終わった母が、開口一番言ったことは、

「とにかくお医者さんに診てもらうこと。それが先決よ」、だった。

その日、母は昼食と夕食の用意をしてくれたり、洗濯物の山を片付けてくれたり、子どもたちを連れて買物にいってくれたりした。私はそのあいだひたすら眠りを貪った。

競ってお手伝いをしたがる拓と悠を邪魔者扱いすることしか知らない私と違って、母は

面倒がらずに上手に仕事を言いつけているようだった。

悠が喜々として、「ママ、お皿並べたよ」と言いにくる。私は「偉いね」と褒めてやった。

翌日、私は母が薦めてくれた、市民診療所を尋ねることにした。母の主治医は不在で、別の先生が診てくれた。

私の貧血はかなりの重症で、たとえば、富士山の頂上で息をハアハアさせている状態だと聞かされ、改めて驚かされた。子宮筋腫が原因かもしれないので、至急婦人科の診察を受けるようにと言われた。

私はずっと病院行きを留保していたにもかかわらず、貧血の原因を早く確かめたくなった。が、母の家で一休みするうちに眠ってしまった。子どもたちを迎えにいく時間が迫ったので、ソファーから身を起こして立ち上がろうとした瞬間、また腰から力が抜けていくような発作に襲われてしまった。

母は心配して、タクシーを呼ぼう、と言ってくれたが、私はそれを制した。昨日の経験から、しばらくすれば、正常にもどることができると思ったからだ。

実際そのとおりになって、私は来たときと同様、オートバイに跨がり発車させた。母が心配しているだろうと思い、無事に家へ到着したことを、ケータイのメールで知らせた。

そのあと私は、拓と悠を迎えにいってから、二人を電動アシスト自転車の前と後ろに乗せて、産婦人科医院へと向かった。意外にも、子宮筋腫はなく、そのせいではなかったことが分かった。そのことも、母のケータイにメールで伝えた。

夏期休暇の残り四日間の予定は、ほぼ順調に運んだ。母が二泊三日の仲間たちとの旅行をキャンセルして、つき合ってくれたおかげだった。

いくら注意しても、ロビーを走り回ったり、ソファーに寝転んだりする二人の面倒を、一人ではとても見きれなかったからだ。

拓の二日目のアレルギー検査は、卵の黄身を加えたハンバーグを三回に分けて口に入れて反応をみるというものだった。二度はオーケーだったが、三回目には瞬く間に蕁麻疹が全身に現われていった。

私は母と一緒にそれを見つめながら、健気に耐えているいじらしい拓の顔をけっして忘れまいと思った。

六

夏期休暇が終わった月曜日に出勤すると、病後の馴らし労働の名目で求職専門部門から派遣されている女性職員から、意外なことを聞かされた。

先週金曜日、管理職クラスの会議が開かれた際、給付課で最近、継続給付金の計算違いの振込が頻発していることが問題になったとのこと。そのとき、職業相談部門の雇用指導官の清水が、すかさず所長に言ってくれたというのだ。

つまり、課長が不在のまま、すでに三カ月半も異常な態勢が続けられているところに問題があるのではないのかと。

「どうして、そのことをご存知なの」

と、私が尋ねると、彼女が属する求職相談部門の上司から聞いてきたという。

「で、こうも言われちゃったわ。そんなに忙しいところじゃ、馴らし労働もないだろうって。それで、かえって私、あなたに申し訳ないことをしてしまったなあ、と反省させられてしまったの。いままで好き勝手をしてしまって、ごめんなさいね」

正直、私は自分より年上の彼女については匙を投げていた。そういう人が、仮に自分の非を省みたとしても、年下の者に詫びるということは、なかなかできるものではない。

だが、彼女がそうしたということは、清水の発言があればこそだと思った。そして、もし私が清水に相談をしていなかったとしても、管理職が一堂に会する場で、清水がそのような発言をおこなっただろうか。そう考えたとき、私はそこにある示唆を与えられた気がしたのだった。

そのことは、清水が口にした「早川さんに代わって、組合が何かをやってあげるというわけにはいかない」という意味につながるような気がした。

つまり、自分の要求を実現させるために、自分ができることは何か、を考えることが大切なのだろう、と私は思った。

それなら、私の要求は何なのだろう。

母は私からのSOSを受けて以来、一貫して私に休職することを勧めていた。それは、母自身が二十代の終わりごろから、頸肩腕障害で休職を繰り返したあげく、慢性腎炎の闘病生活も余儀なくされるという辛酸な経験があるからだった。

そんな母だったから、かつての銀行仲間や、医療に携わる友人たちから、さまざまな情報やアドバイスを受けているようだった。

「みんな、休め、と言ってるわよ」

母は、その道しかないと言わんばかりだった。しかし、私はなぜか、その気になれないのだった。

そのことと関係があるかどうか分からないが、私には一つ気がかりなことがあった。それは私が抱えている病気が、重症の貧血だけではないのではないか、という前々からの疑問と不安であった。

腰から力が抜けていくような発作は、幸いにして仕事中に起こることはなかった。が、胸がもやもやして息苦しくなる発作は、依然としてあったからだ。

私が心療内科の門をたたいたのは、九月に入ってからだった。午前中だけの休暇を取って、ＪＲの一駅先にあるクリニックを訪ねたのだった。

私にくだされた病名は、「パニック障害」だった。副作用がきわめて少ないという二種類の薬が処方された。

母の家の車庫へオートバイを預けたので、帰りがけに寄ると、

「薬は常習になるというから、気をつけないといけないよ」

母は心配そうに言うのだった。

漢方薬、玄米菜食、鍼灸などで難治の慢性腎炎を克服した人だから、きっとそう言うだろうと思った。

それに母は、精神障害で薬漬けになっていた友人を喪ったばかりだった。それだけに、どんなに耐えがたいときでも、睡眠薬や精神安定剤に逃げないで乗り越えてきた自分に、母は改めて確信を得ているようだった。

そんな母を少しでも安心させようと、その夜、私は電話をかけた。

「一つは飲むとかえって気持ちが悪くなるので、一種類だけ、飲むことにしたから、心配しないで」

母は「そう…」と応えたが、やっぱり言わずにはいられないといった調子であとを続けた。

「ねえ、由里はどう考えているの。身も心もぼろぼろな状態なのに、なぜ休もうとしないのか、私は不思議でならない。病気の原因ははっきりしているのだから、初期のうちにしっかり養生すれば、必ず治せるんだからね。それに拓ちゃんや悠ちゃんにしわ寄せがいくのを、私は見てはいられないのよ」

「それは、私もずっと考えているよ。でも、どうしたらよいか、決めかねているの。雅史にも相談して、結論を出そうと思ってる。そうしたら、また連絡するから、それまで待ってて」

実をいえば、私はその時点で、休職の道を選ばないことを半ば決めていたのだったが、ここではそう応えるしかなかった。

次の日の夜、いつものように拓と悠との入浴をすませ、二人が寝付くまで見ていてくれた雅史がリビングにもどってきたのは十時を回ったころだった。

そのあいだ、私は台所の洗い物を片付けたり、取り込んだ洗濯物の山を整理したりしていた。

家の外から聞こえる虫の声に交ざって、拓と悠がはしゃいでいるらしい笑い声が聞こえてくる。それはいつもと変わらないようすだったにもかかわらず、なぜか私は二人から見放されたかのような気分に落ち込んでいた。

だからか、雅史が缶ビールを手にソファーに座って、新聞を開こうとしたとき、私は思わず声を発していた。

「ねえ、雅史、私って、母親失格かな？」

「何を言い出すかと思ったら」

雅史は呆れたように言った。

「だって、拓と悠は、雅史にはひどいこと言わないでしょう」

「言わないけど、拓も悠も、ママが一番好きなんだよ。分かってるでしょう。拓がひどい言葉を投げつけるのは、おそらくテレビの影響か何かで、子どもたちのあいだではやってるのかもしれないし、みんなと同じ給食を食べられないこともあって、幼いなりに何か屈託を抱えているのかもしれないのだから、親はね、どーんと構えて見守ってやればいいいんだよ」

母も同じことを言っていた。

「それは、分かっているけど、無性に腹が立ってきて、許せない気持ちになってしまうの」

「そりゃ、由里は病気なんだから、しかたがないよ。心身が健康であれば、そんなこと、いちいち気にならなくなるさ」

「じゃあ聞くけど、雅史は、私が二カ月ぐらい休職することに賛成なの？」

「何で、そんなこと聞くの？」

逆に問い返されてしまった。私は休職すべきかどうか、迷っていることを話した。

「どんなことで？」

「だからね」

私はまるで言い訳でもするように話を続けた。

私が在宅になれば、悠の早朝保育と居残り保育を申し込めなくなる。小学一年生の拓も、学童保育所への通所も取り消されるので、二時には家へ帰ってくることになる。と、いうことは、私が一人でいられる時間は、一日のうちわずか四時間しかないということだ。

それでも、一日の大半を占める仕事とそれに伴う通勤時間が差し引かれるのだから、子どもたちとの関係にも、当然余裕というものが生まれてくるであろう。かといって、いまの私に自信があるわけではなかった。

「それにね、仮に休みを取るにせよ、取らないにせよ、やっておかなければ気がすまない思いが、別にあるの」

雅史は私の次の言葉を待っているようだった。

「いまは、まだ、そのことをうまく説明できないのだけど、いずれにせよ辞めるつもりはないのだから、休職するか、しないかは、もう少しようすを見てからでもいいんじゃないか、と思って」

「なんだ、迷っていると言いながら、もう結論が出ているんじゃないか」

雅史が笑いながら言った。

「いや、雅史と話していたら、それでいいんじゃないかって、気がしてきたの」

「そうか、そういうことって、あるよね。やっぱり誰かと話すことが大切なんだよね」

「でも、明日になったら、またぐらつくかもしれない」

「じゃあ、こうしよう。明日、明後日の土、日は、どこにもいく予定が入っていないから、由里は自由に過ごしなよ。僕が子どもたちの面倒をみることにするから、一人になってじっくり考えてみればいい」

えっ、どうしたのだろう。いつもは私のほうから、遠慮がちに「マイフリーデー」を申し入れなければ、手に入れられなかったのに、雅史のほうから言ってくれるなんて。

「雅史、何か、いつもと違うみたい」

「そう見えるとしたら、それはやっぱり由里が病気になってくれたおかげだよ。僕はさ、それなりに育児に協力してきたつもりでいたのだけど、そもそも『協力』とか、『手伝う』とか、そういう姿勢ではいけないのだと、気がついたんだ。というか、ある先輩に言われたんだよ」

そうだったのか。つい相手の心を先回りして、話したところでどうなるものではない、と高を括っていた自分を、私は反省させられる思いだった。


心療内科を訪ねてから、土、日をはさんだ五日後の夕方、清水がひょっこりカウンターの向こう側に姿を現わした。私は一人で残業をしていた。

「どうだった、いってきた？」

九月の末に、心療内科を受診することは、清水に伝えてあった。向かい側の椅子に腰を下ろした彼に、私は「パニック障害」の診断を受けたことを話した。

「それで私、覚悟が決まりました」

私はそう言って、この土・日に考えて出した結論について話を始めた。

私ははじめのうちは、母や母の友人たちが勧めるとおり、二カ月ほど仕事から離れて療養に専念することに期待をつないだ。

しかしどうしても、あるこだわりが私の頭から離れなかった。それは、二カ月休んで職場に復帰したとき、職場の状況がいまと同じだったら、また休まざるをえないところへ追い込まれるのではないか、という不安であった。

そんなとき、私は母がよく言っていたことを思い出した。

「銀行が私のことを、何が何でも職場から追い出そうとするでしょう。だから口惜しくて、病気を治すまでは、絶対に辞めてやるものかって、頑張るしかなかったの」

女性が結婚したあとも働こうとすれば、あからさまな攻撃を受けざるを得なかった母の時代、まして幼い子どもを抱えた母親労働者が、休職の道を選択しようものなら、それ自体が大きな覚悟を必要とするたたかいであったに違いなかった。

でも、いまの私には、母が避けることのできなかった管理者側にたいする「休職」を認めさせるたたかいは必要ではないように思えた。病気を抱える当人が要求さえすれば、休職の道は容易く開かれることを知ったからだ。

病気になった労働者が安心して療養に専念できる制度的保障があるということは、労働組合に関わった先人たちが、労働者の利益のために勝ち取ってくれた何よりの賜物であろう。

だが、メンタルな病に罹って休職を余儀なくされた労働者が、どこのハローワークにも、どこの部署にも発生しているのに、その補充がまったくないという事実にたいして、労働組合がどう考えているのか、清水の話からは見えてこなかった。

だからといって、このまま黙っていてよいものだろうか。いや、そういうわけにはいくまい。そして、休職しなくとも、まだ頑張れるうちは、少しでも改善の道を探さねばと思ったのだった。

私はこれからやろうとしていることを清水に話した。

「課長が休職に入ったころ、課長の代わりに管理職会議に出るように言われたのですが、とんでもないと言って断りました。でも、いまは、そこに出させてもらって、給付課の実情を述べたいと思っています。前代未聞かもしれませんが、これぐらいなら、私にもできると思って」

「なるほど」

「私ね、まず声を挙げることが、とても大切なことだと思ったんです。言葉で伝えなければ、誰からも理解されないし、助けてももらえないわけですから」

「偉いな、早川さんは。心でそう思っていたとしても、なかなか行動に移せるものじゃないからね。組合は形無しだな」

清水は面目なさそうに、小さく笑った。

「そんなことないです。清水さんのおかげでここまで考えられたのですから。一人ではないのだと思えたことが、大きな支えです」

私はそう応えたあと、言おうか言うまいか、ためらっていた思いを口に出していた。

「でもね、生意気なことを言うようですが、私たちの組合はこのままでいいのだろうか、分会にいて、組合を身近なものに考えられる人ははたしてどれだけいるのだろうか、そんなことを考えてしまいました。執行部がどんなに頑張ってくれていても、分会の一人一人の組合員と結びついていなかったら、組織の力を発揮して、国からの実態に合わない政策や、不当な攻撃に立ち向かえないのではないでしょうか」

「そのとおりだよ。弁解の余地なしだ」

清水の表情には、気分を害したようすは見られなかった。それだけに、私は詫びずにはいられなかった。

「ごめんなさい。清水さんを責めているわけではないのです。分会の会議や集会を開けなくなったのは、民主党政権の時代に、昼のいっせい休憩が廃止させられたためだということも、働いている労働者の約半数が非常勤、若い新入職員も一人か二人、給付課の磯貝くんもそうですけど、なかなか組合に入ってこないということも知ったうえですから。でも、団結するにもしようがないそういう状況のなかでも、清水さんと心を通わせられたように、何かやれることはあると思いたいのです」

「そうだね。このままではいけないと僕も思う。何ができるか、考えてみるよ」

そう言って、清水は腰を上げた。

「今晩も奥様のために夕食を作られるのですか」

「そうだよ」

清水はにっこり笑った。


私はその後、清水に伝えたとおり、管理職会議で、給付課の実情と、ドクターストップがかかっている自分の健康状況を話し、対策を講じてくれるよう声を震わせながら訴えた。それから、日をおいて二回ほど、所長、次長、庶務課長との話し合いに招集された。久保田課長が十月以降も出てはこられないと聞かされたのは二回目のときだった。私は心療内科にも通院していることを話した。所長は、「パニック障害」の病名を聞くと、驚いた顔をして私の顔を見つめた。

さらに十日ほど経った、九月の第三金曜日の夕方、私は所長から呼ばれた。そこで待っていたのは、何と新しい課長が十月に転勤してくるという内示だった。

しかも驚いたことに、「窓口にも出なくていいように、新しい課長に伝えますから、くれぐれも身体に気をつけてください」、と所長は言うのだった。

私は、自分の席へもどってから、アドレスを教えてもらっていた清水のケータイへ、このことを伝えた。

間もなく返信がきた。

「人事異動は四月と決まっているのに、これはすごいことだよ。しかも十日以上も早い内示とはね。やっぱり、早川さんの渾身の訴えが届いたんだよ。よかったね」

ああ、十月から、遅くまで居残り残業をしなくてすむだろうか。もし、そうなったら、できた時間は拓と悠のために使おう。

私は秋の気配が立ち込めた夕暮れの街へ向かって、オートバイを発車させた。

別離の後もなお

一

二月下旬に入ったある日の夕暮れどき、沙絵子は掘り炬燵のある部屋で、月刊の文芸誌に書いた小説のゲラ校正をおこなっていた。するとやや離れたリビングから電話の鳴る音が聞こえた。沙絵子は炬燵を抜け出すと、小走りでリビングに駆け込んだ。

受話器から伝わる「もしもし」という相手のおっとりとした声で、それが二十年前に離婚し、五年前に他界した圭介の姉頼子だとすぐ分かった。

頼子とは圭介と別れる五年前から、訳あって付き合いが絶たれていたが、心臓発作による圭介の死去を機に、二十年の空白を経て、ふたたび巡り会えた不思議な縁が続いていた。

はなかった。

「沙絵子さん、驚かないでね。わたしね、膵臓がんの末期で、もう抗がん剤も手術も、手の打ちようがないんですって」

沙絵子は驚きのあまり、言葉を失った。

昨年秋の彼岸に、息子の克己と三人で圭介の墓参りをしたときは、あんなに元気そうに見えたのに。

「まさか、そんな……」

つぶやくように言った沙絵子に、

「わたしも、信じられないのよ。でもね、雅之さんが五十二歳、敦子ちゃんが五十九歳、圭ちゃんも六十九歳で先に逝ってしまって、わたしだけが七十九歳まで生きてこられたんですもの。これ以上欲張ったら、バチが当たるわ」

頼子は余韻のあるいつもの穏やかな口調で言った。

雅之は小学校教師をしていた頼子の夫であり、敦子は彼女の二歳上の姉、圭介は彼女と五歳違いの弟であった。そして、沙絵子にとっての圭介は、二十五年のあいだ、都市銀行で共働きを続けた夫であり、社会変革をめざして活動した同志でもあった。

「お義姉さん、実はわたしの母も、膵臓がんで、七十九歳のときに亡くなりました」

「まあ、偶然ね」

「ええ、わたしの家へやっと来てくれて、これから親孝行をしようとした矢先のことでしたから、とてもショックでした」

「そうだったの」

「膵臓がんって、なかなか見つけにくいものなんだそうですね」

沙絵子の母もそのために、それと判ってから三カ月足らずで旅立っていったのだった。

「そうなの。末期がんの宣告が突然やってくるって感じだから、家族にとっては一大事よね」

「本当に」

「うちもね、結子がずいぶんショックを受けていたようだけど、来月から介護休暇を取って、わたしの面倒を見てくれることになったの。だから、いよいよというときまで、甘えさせてもらおうと思って」

「それは何よりですね。結子ちゃんは優しい娘さんだから、お義姉さん、幸せですね」

「そうなの。本当に幸せなの。透さんも裏表のない、とってもいい人なのよ」

「よかったですね。ご苦労の賜物ですね」

沙絵子は心からそう思って言った。

頼子の夫が胃がんとの闘病生活を経て世を去ったのは、彼女がまだ四十七、八歳のころだった。結子は高校生で、弟の信之はまだ中学生だった。

頼子が働きに出たという話は耳にしたことがなかったから、ただちに生活に困窮するということはなかったのであろう。

間もなく結子は就職し、透と結婚したのは二十四歳ぐらいだっただろうか。信之が奨学金で大学に通っていたころだった。

「まあ、ありがとう。沙絵子さんにそう言ってもらえて、本当に嬉しいわ、ねえ、沙絵子さん」

ふと頼子の声の調子が変わった。

「はい」

「お彼岸のとき、克己ちゃんと三人で、墓地からY駅まで歩いたわね」

「そうですね。歩いて帰ろうと提案したのはお義姉さんでしたよね」

心臓が悪いと言っていたわりには、三人のなかで一番元気だった。

「そうだったわね。あのとき、途中で、お寿司屋さんに入って、克己ちゃんがあなたとわたしにご馳走してくれたでしょう。わたしね、それがとっても嬉しくて、いい思い出になったわ」

「まあ、そんなことがですか」

沙絵子は少し大袈裟に驚いて見せた。

「そうなの。だって、圭ちゃんが亡くなったとき、克己ちゃんとは二十年ぶりに会ったのよ。その克己ちゃんと、圭ちゃんの傍で一緒に夜を明かした甥と伯母なんだもの。寝ましょうね、寝ましょうねって言いながら、わたしが一人でしゃべっていたのに、克己ちゃんは優しい子ね。黙って聞いていてくれた。あの日は透析をやってきて、疲れていたことをあとで知って、悪いことをしたなと思っていたの。お墓参りで会ったのは、納骨のとき以来だったし、それに克己ちゃんは顔も声も、圭ちゃんにそっくりなんだもの。だからじゃないかしらね」

頼子は涙声になっていた。

通夜の話は克己からも聞いていた。

親たちが離婚したあと、ただの一回しか会ってはいなかった父親の傍で、再婚した妻子とも枕を並べて伯母の話に耳を傾けていたという克己。沙絵子には彼の姿と心の内が改めて想像されてきて、胸が詰まる思いであった。

「それでね、あの日、駅でさよならするときに、約束したわよね。圭ちゃんのお墓参り、また一緒に来ましょうねって」

「そうでしたね」

「圭ちゃんの五回目の命日が、再来月に巡ってくるのだけど、きっと無理よね。約束、守れないわね。今日はフォークダンスにいってきて、こんなに元気なんだけど、そのうち歩けなくなり、話もできなくなってしまうんですって」

頼子がそこまで話した瞬間、沙絵子の耳に吐息とも溜息ともつかない「ううっ」という妙な声が聞こえてきた。それは、胸から込み上げた嗚咽を抑えようとして漏れ出た頼子の声なのに違いなかった。

沙絵子も思わず胸を左手で押さえながら、頼子の続きの言葉を待った。

「ねえ、沙絵子さん」

頼子は落ち着きを取りもどした声で言った。

沙絵子は「はい」と応えた。

「あのね、沙絵子さんにお願いがあるの。わたしがまだこうして話すことができるうちに、会いにきていただけないかしら。話したいことがたくさんあるの。ご迷惑かもしれないけど、わたしの最後のお願いだと思って」

「お義姉さん、迷惑だなんてとんでもないです。わたしはお義姉さんと結子ちゃんにどれだけ感謝しているか知れないのですよ。圭介さんが亡くなったとき、お義姉さんが真っ先にそのことを知らせてくださり、二十年もの空白などなかったかのように、わたしに優しく接してくださいました。このご恩は生涯、忘れたりはしません。ですから、お義姉さんの頼みなら、どんなことだって引き受けさせていただきます」

こんどは沙絵子のほうが涙まじりの声になっていた。

「沙絵子さんはやっぱり、わたしが思っていた通りの人だったわ。じゃあ、来ていただけるのね」

「もちろんです。克己と一緒に、必ず伺いますから」

「嬉しいわ。沙絵子さんにお知らせするかどうか、とても迷ったのよ。でも、お電話してよかった」

「わたしのほうこそ、ありがとうございます。では、お義姉さん、くれぐれもお大事になさってくださいね」

沙絵子がそう挨拶したとき、近くの小さな公園から、「夕焼け小焼け」のメロディーとともに、五時を知らせる無線放送が聞こえてきた。

二

埼玉県にあるM駅の改札を出ると、長身の克己が左側に建ち並ぶ銀行や飲食店を指差しながら、「こっちだね」、と沙絵子に言った。

午後二時ごろにお伺いします、と結子の携帯電話にメールした克己のケータイへ、その辺りで二時二十分前ぐらいから待っているとの返信が届いたとのことだった。

程なくして、ストレートの髪を肩まで垂らした結子が、ロングスカートの上に羽織ったジャケットの胸の辺りで手を振りながら近づいてくるのが見えた。

圭介の葬儀のとき、よく似た二人の娘たちと並んだ結子は、ふっくらとした童顔のせいだろうか、母親というより、一番上の姉のように見えたものだった。五年の月日を経ても、その印象はほとんど変わってはいなかった。

「沙絵子叔母ちゃん、今日はどうも遠いところからありがとうございます。克己くんもせっかくのお休みの日に、ありがとうね」

結子は軽く頭を下げながら、沙絵子と克己に挨拶をした。

沙絵子は一カ月も見舞いが遅くなってしまったことを丁寧に詫びた。

「そんなことありませんて。それより、母が首を長くして待っていますから、急いでいきましょう」

結子はそう言って、クリーム色の乗用車を停めてある場所へと案内した。

沙絵子と克己は、後部座席に並んで腰を下ろした。

駅前の賑やかな通りを抜けると、クルマは穏やかな田園風景のなかに入っていった。


結子夫婦と同居する頼子の家には十五分ほどで到着した。家の前で降りた克己は辺りを見渡しながら言った。

「ぼくがおばあちゃんに連れられてきたころは、この辺はまだ空き地ばかりだったんだよ」

「そう、わたしは全然、憶えていないわ」

と沙絵子は言った。

沙絵子がこの家を訪れるのは、頼子の夫雅之が亡くなったとき以来のことだった。記憶にあるのは、ふと覗いてしまった襖の陰で、義母や義姉の敦子たちになだめられている頼子の姿であった。雅之の看護を巡って彼の親族から頼子は責め立てられ、泣いていたらしかった。

ただそれだけの記憶しか残っていないかつての家は、いつしか新しい家に建て替えられていた。その家で成長していった結子の子どもたちは、それぞれの進路を歩み、そこには住んでいなかった。

玄関のドアを開くと、真っ白なテリア犬の元気な鳴き声に迎えられた。

「サリー、お客さんだよ」

結子がそう声かけをすると、サリーは人懐こく近寄ってきた。

六人掛けのテーブルが置かれたリビングに通されて間もなく、結子に身体を支えられながら頼子が姿を現わした。

自動車のなかで、頼子は寝たり起きたりの生活だと、結子から聞かされていたから、てっきり寝間着にガウンを羽織り、青ざめた表情をして現われるものと、沙絵子は想像していた。

だが、頼子は意外にもちゃんと化粧をし、髪も綺麗に整え、ブラウスにカーディガン、スカートというエレガントな装いで、沙絵子と克己を迎えてくれたのだった。

沙絵子は水槽や季節の花々を生けた花器などが置かれた窓際の椅子に腰を下ろした。向かい側には頼子が座った。

テーブルの上には、二種類の和菓子を載せた和皿と、りんごとみかんを盛った深めの鉢が用意されていた。

結子が銘々皿をそれぞれの前に置きながら、沙絵子に言った。

「沙絵子叔母ちゃんは和菓子が好きだって聞いていたから、老舗のお店から買ってきたのよ。お土産もありますからね」

「まあ、ありがとう。そんなにお気を遣わないで」

「こちらこそ、お土産いただいてありがとう。『船橋屋』のくず餅、食べたいねって、昨日も話していたところなのよ。ねっ、お母さん」

「そうなの。以心伝心ね」

「何にしようかと、母と迷ったんですよ。お父さんやおばあちゃんを偲べるものがいいねってことで、『船橋屋』のくず餅と『ちもと』の手児奈餅にしたんですけど、手児奈餅もお好きですか」

克己が頼子に尋ねた。

「手児奈餅って、求肥に柚子と羊羹が散りばめられた柔らかいお餅を、竹皮に包んだものでしょう。大好きよ。懐かしいわ」

頼子は遠くに思いを馳せるかのように、窓の向こうに広がる青空に目を向けた。が、すぐに頼子は沙絵子のほうに視線を移して言った。

「沙絵子さん、その席はいつも圭ちゃんが座ったところなのよ。うちの透さんとウマが合うらしくてね、二人でいつも一升瓶を空けてしまうほどだったのよ」

「そうだったね。圭介叔父ちゃんてさ、酔っ払うとやたらと理屈っぽくなって、突拍子もないことやりだすことがあるよね。克己くん、知ってた」

　結子が笑いながら克己に尋ねた。

「知ってますよ。ちょっと聞かれても応えにくいことを、どうしてなんだ、なぜなんだって、うるさく絡んでくるんでしょう」

「そうそう」

「そう言えば、お母さん、ぼくがまだ小学生のころ、道路に大の字に寝てしまって、ぼくと真美がいくら、お父さん、起きてよ、って身体を揺すっても、ムニャムニャ言うだけだし、通る人たちが笑って見ているし、本当に困り果てたことがあったよね」

　そうだ。あれは江東区の夢の島公園で行われた赤旗まつりに家族四人で出かけたとき、駅へ向かう帰り道でのことだった。圭介は銀行の仲間たちとテントの下でしこたま飲んだらしかった。

「で、沙絵子さんは、どうしてたの」

「わたしは圭介さんがふざけてやっているのだと思っていましたから、恥ずかしかったけれど、道を通る人たちと一緒に笑っていました」

三人が声を立てて笑った。

「面白い家族」

屈託のない結子の言葉に釣られて、沙絵子も思わず自分のほうから口を開いていた。

「面白いといえば、お酒大好きのお義父さんが、そういう芝居っ気のある陽気な人だったじゃないですか。やっぱり遺伝なんじゃないですか。もっとも、圭介さんは若いころ、お義父さんのようにはけっしてなるまいと、反面教師にしていたそうですけど」

「そういえば、そうかもね。お父さんて、いま思えば、憎めない人だし、可哀相な人だったと思うのよね。だって、あの戦争がなければ、向島で大きな履物屋の三代目の若旦那でいられたんですもの。ところが、戦争が終わって、何もかも状況が変わってしまっても、それに対抗する才覚を持ち合わせていなかったばかりに、お母さん一人に、お父さんの両親を含めた七人家族を守る苦労をすべて背負わせてしまって、自分だけはいつも好き放題だったのだもの」

「好き放題って、どんな」

「結子ちゃん、つまりね、あなたのおじいちゃんという人は、お酒なしでは生きられない人になってしまったの。昼間は一応は店番をするのだけど、日が暮れると、もうお酒を飲みたいという欲望に勝てないわけよね。その日の稼ぎを懐に入れると、毎日のように飲み屋へいってしまったの。わたしたちのお正月の晴れ着だって、飲み代に代えられてしまったのよ。税金を納められなくて、お母さんは市長さん宛に長い手紙を書いたそうよ。そんなだったから、お父さんは家中の嫌われ者だった。沙絵子さんも圭ちゃんからよく聞かされたでしょう」

頼子が沙絵子の顔を見て尋ねた。

「はい。結婚前も、結婚後も、折りにふれてよく話してくれました。うちの歴史を話したら、一晩中かけても語り尽くせないって」

「そうなの。なのに、沙絵子さん、そんな面倒くさい家に、よく来る気になったわね」

沙絵子は苦笑いをした。

先ほどから、不思議な空気に包まれていた。圭介は沙絵子と離婚して新しい妻との生活を十五年送った人なのに、まるで離婚の事実などなかったかのように話されていたからだ。

「しかも三人姉妹の長女だったのでしょう。ご両親には反対されなかったの」

頼子は重ねて聞いてきた。

今さらそんなことを、とこだわる気持ちの一方で、頼子と四歳しか違わない沙絵子には、克己に聞いておいてもらうよい機会かもしれないという思いも湧いてきた。

ここは真面目に話そうと、沙絵子は決めた。

「お義姉さん、わたしは小さいころから身体が弱かったこともあって、社会性を身につけないまま大人になってしまったのです。それで、自分は結婚には向かない人間だと思っていました。だから、妹が先に結婚したあとも、ずっと独りでいたのです。ところが、二十九歳のとき、圭介さんに巡り会い、ご苦労をされたお義母さんを思い遣る気持ちに打たれて、ためらいなく結婚を決めたんです」

「わたしの両親との同居も、始めからこだわらなかったそうね」

頼子が質問をはさんだ。

「ええ、台所と経済を別々にして暮らすという提案をしてくれたことと、『母は何も始めから強くて、ずけずけ物を言うタイプの人間ではなかった。父に代わって矢面に立たなければならなかったがために、そうならざるを得なかった。本当は沙絵と同じように、内気で本の好きな少女だったんだ』、と言ってくれたことで、お義母さんとはきっとよい関係になれる、と思ったのです」

「やっぱり沙絵子さんて、本当に純粋な人だったのね」

沙絵子は首を振った。

「いえ、世間知らずで、単純だっただけのことです」

「いや、そうでなかったら、二世帯住居への建て替え資金に、独身時代に貯めたお金を惜しげもなく差し出すなんてことはできないわ。お母さんは、あのときとても感謝していたわよ。沙絵子さんのご両親に申し訳ないって」

そのことは、沙絵子もよく憶えている。

あれは棟上げを祝ったときのことだった。珍しく酒に酔った義母が、沙絵子の両手を握りしめ、気恥ずかしさを覚えるくらい、「沙絵子さん、ありがとう」と何度も繰り返したのだった。

そんな母親のようすを見ていた圭介は、

「苦労のしどおしだったお母さんにとって、家の建て替えなんて、夢の夢でしかなかったから、よっぽど嬉しかったんだよ」

あとでそう言ったのだった。

「お義姉さん、わたしがそうできたのは、結婚するときに圭介さんとある約束を交していたからです」

「約束」

「そう、同居を受け入れる代わりに、圭介さんにお願いをしたのです。たしかにわたしは両親というより、とくに母の将来が何よりも心配でした。お義母さんも家出をされたことがあったそうですが、わたしの母も父の生き方への反発から本気で離婚を決意したことがありました。でも、父の甥たちに説得されて果たすことができませんでした。ですから、わたしはどんなことがあっても、母を不幸にさせてはならないと思ったのです。そのためには、いつか母に困った事態が生れたとき、自分が経済的にも自立していなかったら、母を助けてあげることができない。だからわたしは、銀行を辞めないで、ずっと働き続けてゆきたい。そう言ってわたしは、圭介さんがそれを受け入れてくれるかどうか、意思を確かめたのです。それが圭介さんとの約束でした」

「そうだったの」

「圭介さんはどんなときもそのことを忘れないでいてくれました。いまの家を購入したときも、地主の都合で退去を迫られていた両親と三世帯で暮らそうと言ってくれたのは圭介さんでした。父の反対で実現しませんでしたが、圭介さんはそれ以後も、何かと母を気遣ってくれました。もちろん母も義理堅い人でしたから、圭介さんの誠意にたいしては、さまざまな形でお返ししていました。たとえば、圭介さんが胃潰瘍で倒れたとき、手術後も出血が止まらず、生死の境を彷徨ったことがありました。母は慢性腎炎の病み上がりだったわたしを助けるため何日も一緒に病院に泊まり込んでくれました。そして圭介さんの下のお世話までしてあげたのも母でしたから、圭介さんは、ぼくとお義母さんは特別の『尻合いの仲』なんだと言って、のちに母が乳がんの手術で入院したときには毎日見舞いにいってくれました。みんなから、実の親子と間違えられたそうです。そんな気どらない圭介さんのことが、母は大好きでした」

「そういうことがあったのね。圭ちゃんは何でもわたしに話してくれたけど、わたしが知らないことって、いっぱいあるのね。聞かせてもらってよかったわ」

頼子は感慨深そうにそう言ったあと、思いがけないことを口にした。

「沙絵子さん、圭ちゃんはあなたのことを、一度だって悪く言ったことはないのよ。だからというわけじゃなくて、わたしも結子ちゃんも、あなたのことが大好きだったのよ」

「えっ」

「結子ちゃんはね、ハンバーグというものを初めて食べたのは、沙絵子さんにご馳走してもらったときなんですって」

「ええっ、そんなことがあったの」

沙絵子は、犬を膝に座らせて身体を撫でていた結子に尋ねた。

「そうなの。わたしが小学校一年のときの夏休みに、おばあちゃんのところへ遊びにきていたの。そうしたら沙絵子叔母ちゃんが用事で出かけるというので、一緒にくっついていって、その帰りにレストランでご馳走してもらったの」

「まあ、用事になんかに付き合ってもらったの。もっといいところだとよかったのにね」

「ううん、いつもお父さんのクルマしか乗っていなかったから、電車に乗れるのがすごく楽しかったの」

「そんなことを憶えていてくれたのね。嬉しいわ」

「叔母ちゃんとの思い出はまだまだあるわよ。だからあのとき、わたし、悲しかった。悲しくて、涙が止まらなかった」

ああ、あのとき。

すでに社会人となっていた結子と、敦子の一人娘であるあかりが、うつむいたままずっと泣いていたのをよく憶えている。二人がなぜ泣いていたのか、沙絵子にはずっと解けない謎になっていた。

「沙絵子さん、わたしもあのとき、お母さんの着物、一枚ももらってはいないのよ」

たしかにそうだった。

どんなときも連れだってやってくる二卵性双生児のような敦子と頼子の姉妹に、あのとき、何となくいつもと違う印象を抱かされたことも、沙絵子の記憶に残っていた。

だが沙絵子はあのときのことは、そうしたかすかな疑問も含めて、すべて思い出したくない記憶として、心の奥底にしまい込んできたのだった。

三

あのとき。

それは、脳梗塞の後遺症により二年半にわたる入院生活のうち一年半を無意識のまま旅立っていった義母の四十九日の法要と料亭での会食がおこなわれたその夜のことだった。

「うちで、お茶でもいかがですか。形見分けのご用意もさせていただいておりますので」

会食の席を立った親戚の人たちに、沙絵子がそう声をかけた。

「それでは、ご馳走になろうではありませんか」

義母の甥である晴夫がいかにもわざとらしい大きな声を出してみんなを促していた。ついてきたのは、敦子夫婦と娘のあかり、頼子と結子、それに義父の妹である満代の六人だった。帰ったのはいずれも近いところに住む晴夫の妻と、晴夫の兄夫婦だけだった。

沙絵子の両親もクルマを停めてある駐車場には直行せず、その近くにある沙絵子の家へ立ち寄った。が、二人は彼らとは離れて、リビングで克己や真美と一緒に寛いでいた。

もっとも会食の場では、父の知り合いでもあった晴夫から、ある宗教の熱心な信者である父の不用意な言葉をこけにした振る舞いを見せつけられていたから、一向に気にしない素振りの父はともかく、母は寛ぐどころの心境ではなかったであろう。

おそらく母も沙絵子と同じように、彼のとった大人げない行為を、これから起こるであろう一波乱の前ぶれと、危惧したのに違いなかった。

圭介は七人の親戚たちと、八畳が二間続きになった手前の部屋へ入っていった。もう一方の部屋には義母の形見の品々が綺麗に並べられていた。前日、沙絵子が時間をかけて用意したものだった。


義母の葬儀が一通り終わったときのことだった。帰り支度を調えた敦子が、頼子を伴って沙絵子のところへやってきた。

「沙絵子さん、母の着物のことだけど、わたしたちに整理させてもらえないかしら」

沙絵子は敦子が言っていることの意味をはかりかね、彼女の顔を見つめた。

「娘のわたしたちに任せてほしいの」

「整理」といったって、よそ行きの着物類は、圭介と沙絵子がプレゼントした和簞笥に収納されていたし、単衣物とか浴衣類は義母が持っていた古い桐の簞笥にきちんと収まっているのだ。

沙絵子には「はい、どうぞお任せします」とは言えなかった。それというのも、義母の日本舞踊仲間だったMさんから、「わたしたちにも形見分け、お願いね」と頼まれたばかりだったからだ。

義母とは気の置けない間柄だったMさんは、たまたま母を訪ねてきて、自室で倒れていた義母を発見してくれた人だ。救急車の手配をしてくれたばかりか、沙絵子の勤務先まで電話で連絡をしてくれた人なのだ。

そのMさんの頼みを、義姉たちにたらい回しにするわけにはいかないだろう。Mさんも、「踊り関係のものでいいからね」と言ってくれているのだし、それなら沙絵子の裁量でおこなっても義姉たちの反発を買うこともあるまい。そう判断したのだった。

「形見分けのことでしたら、四十九日のときに、わたしが責任を持ってご用意しますから、それでよろしいでしょうか」

敦子は何も応えず、不機嫌を顕わにして踵を返していった。

そんなことがあっただけに、沙絵子はぬかりのないようにと、義母を偲ぶにふさわしい形見分けの場を用意したつもりだった。

コーナーの片隅に、真新しい写真のアルバムを置いたのも、その思いからだった。菓子箱いっぱいに残っていた写真を、沙絵子が一枚、一枚丁寧に貼っていったものだった。

沙絵子は茶を入れた湯呑みを盆に載せ、八畳の障子を開けて入っていった。

襖を開いた向こうの部屋で、敦子と頼子に彼女たちの叔母である満代が、そこに並べられた着物や帯の由来について、自慢気に語っているところだった。

それらは、老舗の呉服屋へ嫁いだ彼女が、兄の妻である義母に融通を図った、いずれも高価なものらしかった。

沙絵子は畳の上に座っている人たちのテーブルの上に茶の入った湯呑みを置いた。

そして、立ったままの三人の女性たちへ、「お茶が入りました」と告げた。

敦子はそれには応えず、沙絵子に向かって言った。

「沙絵子さん、お母さんの喪服がないのだけど」

「ああ、それは」

と、沙絵子が言いかけると、

「あれには家紋が入っているから、沙絵がもらっておきな、とぼくが言ったんだよ」

圭介が歩いてきて、そう取りなした。

「あら、わたしはお母さんからもらう約束をしてあったのよ」

沙絵子は唖然とした思いで、別のところにしまっておいた義母の喪服を、敦子の前へ黙って差し出した。

「あなたが着たってね、お義姉さんはけっして喜びはしませんよ」

満代が冷たく言い放った。

その喪服は、義母よりはるかに背丈があった沙絵子には、寸法が合わないものだった。だから、着ようなどとは最初から考えていなかった。にもかかわらず、沙絵子は悔しさで胸が震えた。


七十歳を過ぎ、高校生の孫を持つ身になっても、九十歳を超えた姑に嫁として仕える立場にいた満代は、義母のところへやってきては泣き言を漏らしていた。そうかと思うと、四世代で暮らす大家族に、何か祝い事でもあれば、義母に金額まで指定して、みずからのメンツを立てようとする人でもあった。

それらは圭介から聞かされたことであったが、沙絵子自身も、義母が入院してから、幾度となく嫌な思いを味わわされていた。

「敦子ちゃんと頼ちゃんに心付けを渡しといたから」とか、「佃煮の詰め合わせを送ってあげたから」と、わざわざ電話してくるのである。

始めはどういう意味なのかが、沙絵子には分からなかった。が、本来ならば、長男の嫁である沙絵子が見舞いに訪れる義姉たちへの気遣いをするべきものを、自分が代わってやっているのだと言いたいらしいことに気付かされた。

その一方で、甥にあたる圭介にたいしては、なぜ沙絵子に仕事を辞めさせないのか、と迫ってもいたのだった。


敦子はそのうち、装身具とバッグや履き物をまとめたコーナーのなかから、ダイヤの指輪が入った箱入りのケースを二つ取り上げていた。

「これは結子ちゃんとあかりにと、お母さんがお金を貯めて遺してくれたものよ。真美ちゃんのものはないわよ」

そのにべもない言葉に、沙絵子は胸を抉られる思いがした。

「真美にも何か分けてあげてください。お義母さんの孫の一人なんですから」

沙絵子は泣きそうになりながら、頼み込んでいた。

敦子はしかたないわねえといった顔をして、エメラルドでも翡翠でもない、緑色をした石の指輪をむき出しのまま、沙絵子に寄こした。

沙絵子は自分の発した卑屈な言葉を後悔しながら、ハンカチーフに包んで、上着のポケットにしまった。

敦子は満代の隣りに並んで腰を下ろした。一言も口を開くことなく立ったままでいた頼子は、娘の結子の隣りにひっそりと座った。

沙絵子はその三人の前に、入れ替えた茶をそっと置いた。敦子はそれには目もくれず、何気ない素振りで切り出した。

「圭ちゃん、お義母さんの遺産は」

「遺産なんか、ありはしないよ」

圭介にしては、素っ気なさすぎるほどの応え方であった。

が、わずかな間をとったあと、

「敦子ちゃん、ぼくはお母さんに言ったことがあるんだ。なまじ遺産なんか遺されると、たとえ少額であっても、姉弟争いの元になるから、全部使ってから死んでくれって。お母さんはまさかと半信半疑のようだったけど、結局はぼくを信じてくれたみたいだ」

「じゃあ、全部使ってしまったということ」

「まあ、そういうことだ。もう少し詳しく説明すると、お母さんは、国民年金が振り込まれる預金通帳と、この家へ転居してから、両親への家計補助として、お父さん亡きあとはお母さんへのお小遣いとして、ぼくの預金口座から毎月自動送金されていた通帳の二冊を残していたんだ。年金口座はほとんど引き出されていたけど、もう一冊のほうには、ある時期から預金が引き出されずにそのまま残っていた。でも、あるとき百万余りのお金が引き出されてはいたけどね。お母さんは墓地のリフォーム代に思い切って使ってくれたんだよ。そのあとにも何回か引き出されていたから、残高は五十万足らずになっていた。その分はお母さんの入院代に当てた」

そこで圭介は言葉を切った。

「これで分かってもらえたと思うけど、ぼくたちの両親は商売をしていたときも、店を閉めて、この家へ転居してからも、二人には預金できる余裕なんかまるでなかったんだ。お父さんが死んでから、飲み屋代がなくなったことと、ぼくたちと一緒に食事をとるようになったことで、お母さんは、初めて年金も、生活費のために稼いでいた着物の仕立代もそのすべてを、旅行や日本舞踊、盆栽など、自分の好きなことに使うことができるようになったんだよ。お母さんはいつも言ってたよね。わたしは心臓が悪いから、ぽっくり死ねるからいいって。だが不運なことに、お母さんは自分がもっとも望まない人生の最後を送らざるを得なくなった。だけど、ぼくは思うんだ。お母さんの晩年に誰からも縛られない自由な生活が七、八年もあったということは、とても幸せなことだったのではないかって」

圭介がそう言い終わったとたんだった。

敦子と満代は、攻撃のチャンスを待っていたかのように、圭介を目がけて、激しい非難を浴びせ始めたのだ。

お母さんを二年半も入院させておいて、何が幸せよ。お母さんをどうして、家で見てやれなかったのよ。わたしは圭ちゃんに、沙絵子さんに仕事を辞めてもらいなさいって、何度も言ったじゃないの。なのに口を開けば、沙絵は働いているの一点張りで耳を貸そうとしなかった。働くことがそんなに偉いことなら、わたしたちだって、主婦として日々働いているのよ。圭ちゃんが、妻の教育もできない情けない男だったとは知らなかったわ。

圭介はそれらの言葉を、ただ黙って聞いていた。言わせたいだけ言わせているように見えた。

そんな圭介にラチがあかないと見たのか、そのうち二人の矛先は沙絵子に向かった。

「お母さんは沙絵子さんのことで、どんなに苦労してきたか。お母さんから聞いてきたし、ずうっとこの目で見てきたから、わたしはよく知っている。沙絵子さんのために、お母さんは不幸な一生を送ることになってしまったのよ」

目鼻立ちの整った顔を能面のように凍らせた敦子の言葉に、沙絵子は愕然とした。沙絵子はこのまま黙っていることに耐えられなくなった。

「わたしにも話をさせてください」

沙絵子は逸る気持ちを抑えながら、ゆっくりと口を開いた。

「わたしは、真美を出産して一年半を過ぎたころ、お義母さんと衝突してほとんど言葉を交さない時期を三年ほど送ったことがあります。そうした環境での子育てはよいはずがありませんので、一度はお義母さんたちと離れて暮らすことを決意しました。でも、考えに考えてそうはしませんでした。お義母さんも同じ考えでした。そうやってわたしたちが断絶を乗り越え、互いに歩み寄り、一緒に暮らしていく関係を築き上げていったプロセスを、敦子さんだってご存知のはずですよね。それとも、それから十年ちょっとしたころ、わたしの不用意な言葉が元でお義母さんを深く傷つけてしまったことを仰っているのでしょうか。言い訳になるかもしれませんが、そのころお義父さんは二度目の脳溢血を経て、半ば心神喪失状態に陥っていました。でも相変わらずお義母さんの自由を妬んで、さまざまな嫌がらせを働いていました。わたしはお義母さんの理解者のつもりでしたが、お義父さんとは冗談を言い合える間柄でしたから、ついお義父さんに肩入れするようなことを言ってしまったのです。わたしは自分の軽はずみを反省し、お詫びしましたが、お義母さんは許してはくれませんでした。そうしてふたたび言葉を交さない日々が始まりました。ところが不思議なことに、そのときの断絶は一カ月ちょっとで幕が下ろされました。病状の急変で亡くなったお義父さんの葬儀が終わったとき、まるでお義父さんの置き土産であったかのように、わたしたちはごく自然に言葉を交す日常を取りもどしていたのです。あとになって考えてみると、そのことがあったおかげで、わたしたちはやっと『嫁』とか『姑』とかの枠を超えた間柄になれたような気がするのです。同じテーブルを囲んで食事をし、たまにみんなで一緒に食事にいったり、映画を観にいったり、わたしが買ってきた本を、先に読んでくださったり、お義母さんとそういう生活を持てる間柄になれたんです。どうか、そこをちゃんと見ていただきたいのです」

沙絵子は涙を潤ませた目で敦子の顔を見つめた。

だが敦子は、ふっと目を逸らしただけだった。

最初の争いのとき、慢性腎炎のために入院しなければならなくなったとき、「わたしはあなたに働いてくれと頼んだ覚えはないわよ」と言い放った義母。そして、「同居をしたのが間違いなんですから、もう別々になるしかないですね」と捨て台詞を吐いた沙絵子。それでも二人は恨みを抱いたまま、生きてきたのではなかった。よりよく生きるために、自分を変えていったのだ。人間は変わることができることを会得した沙絵子の思いを、敦子に理解してもらうことは無理なのだろうか。

「だったら、なおのこと、家で見てあげればよかったじゃないの」

なおも蒸し返そうとするのは満代だった。

これでは、子どもを持つ身になっても、重い病気にかかっても、けっして辞めようとしなかった沙絵子を、あらゆる手段を講じて、職場からの締め出しを図ろうとした銀行とまったく同じではないか。

記憶を失い、字も書けなくなり、歩くこともできなくなってしまった義母が、片言ながら話せるようになり、松葉杖を使って歩けるようになったのは、入院して専門家の元でトレーニングに励めばこそだったのではないか。

一年後に再発作を起こした義母は、それ以後の一年半を、ほとんど意識を失ったまま生きなければならなかった。だからと言って、沙絵子が家で看護していれば、再発作を避けられたとでもいうのだろうか。

それに義母を「姥捨て」と呼ばれるような状況に追いやったのならともかくなぜ、二人はこれほどまでに、沙絵子に仕事を辞めさせ、自宅看護をさせようと執着するのか、沙絵子には訳が分からなかった。

「叔母さん、敦子姉さん、もういいでしょう」

とどめを刺したのは圭介だった。

圭介は一呼吸を置いたあと、静かな口調で語り始めた。

「母が倒れてからの二年半、みなさんから多大なご援助をいただいたことについては、心から感謝しています。ぼくが姉弟の末っ子であったことから、ご心配も絶えなかったことと思いますが、我が家では、当初より直面する問題については、医師とも相談し、夫婦でもよく話し合ってきました。子どもたちにも話して、彼らがやれることで協力してもらってきました。そうやって家族が話し合って決めたことにたいして、あれこれ言ってくるのは、もはや助言でもなければ、忠告でもない。我が家への不当な干渉以外の何ものでもない、とぼくは思うのです。家と家との関係は、国と国とがけっして相互の主権や独立を侵してはならないのと同じように、みだりに干渉するようなことがあってはならないのです。

母が生きているあいだは、みなさんと母とのご縁を考慮し、あえて我慢をしてきましたが、今後も我が家にたいしてこうした干渉を続けられるのでしたら、お付き合いは今日を限りに止めさせていただきます」

一瞬、敦子と満代の顔にハッとしたような表情が表れたのを沙絵子は見た。

気が付くと、結子とあかりがうつむいたまま、泣いているのが分かった。

そんな張り詰めた空気を打ち破るように、悲痛な声をあげたのは、それまで何も言わずに黙っていた頼子だった。

「圭ちゃん、そんなことを言ってしまっていいの。圭ちゃんは、そうなっても構わないの」

だが、圭介は何も応えようとはしなかった。圭介が高校生時代の思い出を語るとき、とりわけ大きな存在として登場するのは、金持ちの男性との付き合いに余念がなかったという敦子ではなく、苦労が絶えなかった母を支え、休日になると圭介を労音のコンサートや映画に連れ出してくれたという頼子であった。

圭介はおそらくそうしてくれた姉のために、父親を亡くした結子と信之のよき叔父として力になれることを願っていたはずだ。

そう思ったとき、圭介が自分の家族を守るために、人知れず苦汁の決断をしていたに違いないことに、沙絵子は気付かされた。

「もう、こんなところに用はないわ。圭ちゃんがこんな分からず屋だったとは呆れたわ」

「叔母さんもきっとあの世で嘆いているよ」

満代と晴夫が、ブツブツ言いながら帰り支度を始めていた。

そのとき、敦子がつと起ち上がった。

「わたしはお母さんから、何ももらってはいない。だからここにある着物は、わたしがもらってもいいわよね」

誰にともなくそう言うと、二枚組の布団を包むような大きな風呂敷を八畳の真ん中にぱあっと広げた。いつもは「わたしたち」ときまって言われる言葉が「わたし」に変わっているのに、沙絵子は気付かされた。

敦子はやがて、風呂敷を囲むように並べられた品々を一枚、一枚手に取っては、立ったままの姿勢で、風呂敷の上に投げ落としていった。

そして着物や帯の類いをあらかた風呂敷の上に落とし終わると、敦子はそれらを整理することなく、風呂敷の四隅を十文字に結んだ。

そうやって出来上がった大きな荷物は、とうてい腕に抱えられそうもなく、彼女は廊下まで引っ張っていった。

敦子はそこで振り返ると、まだ泣いていたあかりの名を急かすように呼んだ。

荷物は敦子の夫が代わって、玄関まで運んでいき、クルマに乗せて帰るようだった。皇族の子弟が通うG大学の特待生であったあかりは、このあさましい母親の姿をどんな思いで見ていたのだろうか。三人はその場を逃げるようにして去っていった。

四

それから一年ぐらい経ったある夜、敦子の夫から圭介に電話があった。それは何と敦子の死を知らせる電話だった。

あのとき以来、満代の八十歳を超えた夫の葬儀にも参列を拒んだ圭介であったから、当然のこととして、敦子の通夜にも告別式にも出席はしない旨伝えていた。

だが、「圭ちゃん、頼むから、敦子を見送ってやってくれ」という涙まじりの彼の嘆願を、圭介は無視できなくなった。

ましてて、がんノイローゼから物を食べられなくなり、夜も眠れなくなった末の衰弱死だったと聞かされれば、なおさらのことであったろう。しかも、がんの疑いは晴れたにもかかわらず、がんの恐怖から逃げられなかったという。

敦子がそれほど神経質な一面を持っていようとは、沙絵子は思ってもみなかった。いったい、あのときのなり振り構わぬ行動は、どこから生れたのであろう。

圭介に縁切り宣言までさせてしまったことを、沙絵子が深い自責の念に捕らわれることがあったように、敦子にもみずからの行為を取り返しのつかない思いで振り返ってみたことがあったのだろうか。

告別式の日、圭介と沙絵子は休暇を取り、朝早めに、圭介の運転するクルマで出かけた。火葬場でおこなわれた精進落としのあいだも、そう多くはない近親者たちと敦子の家へ帰ってきてからも、沙絵子の頭からその思いはずっと離れなかった。

だが、それよりもっと、沙絵子を捕えて離さなかったのは、自分はここへ来るべきではなかったという後悔の思いだった。

満代と晴夫からは、素知らぬ顔で目を逸らされてしまったし、敦子の夫とても同様であった。なぜか頼子の姿は見当たらなかった。

「あかり、困ったことが起きたときは、この叔父さんに何でも相談においで」

圭介があかりに向かってそういたわる言葉が聞こえてきたとき、沙絵子のなかの自制心のタガが外れてしまっていた。

いつもなら誰にでも公平な態度で接する圭介の鷹揚さを好ましく思う沙絵子だったのに、いまはそんな彼に苛立ちさえ覚えていた。

かねてから沙絵子の心のなかに積もっていた、あのとき圭介はかなりの無理をみずからに強いたのではないかという疑念が、まさに確実なものとして、沙絵子に突きつけられたような気がしたからだった。

そんなふうに限りなく後ろ向きになっていく沙絵子を諫めるかのように、不意に克己が発した言葉が甦ってきた。

それは形見分けをおこなった日の翌日から沙絵子が四日間ほど寝込んでしまったとき、吐き気を伴う激しい頭痛と肩こりに苦しむなかで思わず「死んでしまいたい」と漏らした沙絵子を、高校の春休み中だった克己が沙絵子の肩や脚をマッサージしながら労ってくれた言葉だった。

「お母さん、お父さんが分かってくれているのだから、いいじゃないか。そんなこと、言うなよ」

そうだった。圭介への信頼があればこそ、一度は辞めたいとさえ考えた銀行生活も、そこでの退くに退けない女性差別とのたたかいも初心を取りもどすことができたのだ。

なのに、今の自分は何と狭量な人間に成りはててしまっていることだろう。とてつもなく恥ずかしさが込み上げてきた。けれども沙絵子は、圭介が自分から離れていってしまうのではないかという不安を掻き消すことができなくなっていた。

ついに居たたまれなくなった沙絵子は、まるで幼い子どもが親にせがむかのように、「圭介さん、わたし、もう帰りたい」と小さな声で訴えていた。

すると圭介はなぜかハッとしたかのように、「分かった。そうしよう」

そう言って、暇を告げることになったのだった。

二時間もかかる帰りの車中で、運転席と助手席に座った二人は、一言も言葉を交さなかった。

こんなに近くにいながら、二人の心が遠く隔たってしまったように感じられてならなかった。

先ほどまで部屋のなかを駆け回っていたサリーの鳴き声が、いつの間にか止んでいた。

結子がそれぞれに茶を入れ替えながら言った。

「サリーが寝てくれて、やっと静かになったね」

頼子もいつからか、目を瞑って話をしていた。話し方もゆっくりした口調に変わっていた。が、言葉に詰まって、じれったそうに顔をしかめることがあった。

「お義姉さん、お疲れのようですね」

頼子は首を振ると、小さく笑った。

「何かね、薬の副作用かしら、ひとりでに瞼が下がってきてしまうの。眠たいわけじゃないのよ。だから、もう少し、しゃべらせてね」

と言った。

「沙絵子さん、わたしね、あのとき以来、敦子ちゃんとは疎遠になっていたのよ。それまでは、いつも敦子ちゃんから声がかかってきて、いや応なく一緒に行動するパターンだったの。だけどそういうことがいっさいなくなっていたの。姉妹の繋がりなんて、所詮、お母さん在ってのものなんだって、わたしはむしろ解放された気持ちになったわ。だから、亡くなった知らせを受けたときは、とてもショックだった。お通夜にはいったけれど、翌日は熱を出していけなくなってしまったのよ」

やはりそうだったのか、と沙絵子は思った。

「わたしね、いまになって思うの。敦子ちゃんはわたしにさえけっして弱みを見せないプライドの高い人だったから、心を割って話し合える友だちなんて一人もいなかったと思うのよ。その敦子ちゃんが、がんではないことが分かってからもノイローゼを進行させていったのは、がんへの恐怖心のためだけではないのではないかと、ひそかに思ったの。沙絵子さんはそう思わなかった」

頼子は相変わらず目を閉じたまま、沙絵子にそう尋ねた。沙絵子は小さな声で「思いました」と応えた。

「そうでしょう。でも、わたしはそのとき、これは敦子ちゃんが、生きてきた過程で一つひとつ自分自身の選択を積み重ねてきた人生の結果なんだから、どうしようもないことなんだ、と割り切ることにしたの。敦子ちゃんがどんな人生を歩んできたか、圭ちゃんから聞いているでしょう」

沙絵子は「はい」と応えた。

行き交う人が振り返って見るほどの美貌の持主だった敦子の交際相手は、いずれも大企業に勤務する裕福な家庭で育った男性ばかりだった。なかには敦子を迎えにキャデラックで乗り付けた男性もいたそうだ。

だが、敦子は二十五歳のとき、不運なことに結核で三年近い療養生活を余儀なくされてしまった。病が癒えても、もはやかつての華やかな生活を取りもどすことはできなかった。すでに妹が結婚し、先を越されていた。

三十歳近くなった彼女が結婚の相手に選んだのは、見合いで知り合った、中小企業を営む兄の元で働く地味で温和そうな男性だった。庭付きの一軒家に家族だけで住めることが、敦子に現実との折り合いをつけさせたのであろう。

だがローンの返済を抱えた家計はけっして楽ではなく、彼女は人知れず倹約に倹約を重ねる努力を自分に課さねばならなかった。洋服はすべて手作り、美容院にはいかない、電話も受けるだけ、あかりの友だちを家に呼ばない、自家用車はあっても旅行にはいかない、というふうにだ。

そんな生活の舞台裏を敦子が明かすのは母親にだけで、「頼ちゃんには言わないでね」と必ず念を押すのが常だったらしい。あかりが特待生としてG大学に通っていたころ、夫の兄が経営する会社が倒産し、彼が家に引きこもってしまったときもそうだった。

彼女はそのとき、結婚してから初めて働くことを決意した。近所の人たちに知られないよう、電車で通えるところでのアルバイト口を探してきたという。

それがどのぐらい続いたかはさだかではない。が、人生の表舞台で思いきり幸せな家族を演じることに精力を傾けてきた彼女が、この試練から何かを学んだり、吸収したりすることはなかったようだ。

やがてあかりがG大学を卒業し、名だたる企業への就職を果たしたことで、敦子はようやく念願の家族旅行や、茶道を極めたいという永年の夢を実現させるところまでたどり着いた。なのに敦子は、その到達感のなかにゆったりと身を置くことができなかった。

「むしろ敦子ちゃんは、我慢に我慢を重ねてきた自分の生活とは無縁に見えたに違いないぼくたち一家——そりゃあそうだよ。うちは夫婦で働いてきたんだから——への羨望や嫉妬が、母の死を契機に、より大きな塊になって爆発してしまったんだろうね」

あの直後に、圭介が沙絵子に語った言葉だった。


頼子が話を続けた。

「沙絵子さん、わたしね、いまこうして自分がだんだん食べられなくなり、眠れなくなってきて、しきりに敦子ちゃんのことが思い出されてくるの。実際のところは、敦子ちゃんのだんなさんから聞いたことしか分からないのだけど、敦子ちゃんはなぜお母さんのように第二の人生を貪欲に生きようとはしなかったのかしら。がんではないことが分かっていたのに衰弱死なんて、人生を見限っているとしか思えない。そんな意気地なしの敦子ちゃんなんか見たくない。そう言ってあげられなかった自分が、悔しくてならないの。一人の妹として寄り添ってあげられることといったら、それしかないのだもの。いまさら悔やんでもどうしようもないことなのにね」

頼子は目を開いて沙絵子を見つめた。

沙絵子は深くうなずきながら、

「お義姉さんの気持ち、よく分かります」

と言った。

「ありがとう。それでね、わたし、沙絵子さんにお詫びしなければならないことがあるの。あの世にいってから後悔したくないから、ここで懺悔させてね」

懺悔だなんて。藪から棒に何だろう。

沙絵子は思わず姿勢をただした。

「わたしはね、沙絵子さんにとってけっしてよい義姉ではなかった。いつも金魚の何とかみたいに、敦子ちゃんのあとにくっついて、嫌な小姑役を演じてきたのよね。ただくっついていただけで、自分から嫌みをぶつけたことがなくても、圭ちゃんがよく言っていたように、黙って見ていることはいじめたり、攻撃したりする側に立っているのも同然だということに、あとになってから気付かされたの。あのときだってそう。お母さんはあるとき、言ってたわ。『沙絵子さんは言葉が少し足りないところがあるけれど、根はとってもいい人。長く付き合っていれば分かる』って。なのに、わたしはあのとき、お母さんがそう言っていた言葉を誰にも伝えてあげられなかった。わたしが勇気を出していさえしたら、もっと別の道が開かれたかもしれないのに。そのことをあなたに話さなければと、ずっと思っていたのよ。だけど、なかなか言い出せなくて今日になってしまったの。本当にごめんなさいね」

頼子は薄く開いた目を沙絵子に向け、頭を下げた。

「お義姉さん、わたしだって不器用で、可愛げのない義妹だったのですから、お互い様です。それに、五年前にお義姉さんが二十年ぶりにお電話をくださって、『圭ちゃんを見送ってあげて』と言ってくださったとき、わたしのなかからすべてのこだわりが消えて無くなりましたから。お義姉さんがしてくださったこと、どんなにお礼を言っても言い足りないくらい、ありがたく受け止めていますから、そんなこと仰らないでください」

「本当に」

「ええ、本当です」

「そう、でも、わたしは話せてよかった」

頼子は一仕事を終わらせたかのように、フーッと大きな息を吐いた。

神妙な面持ちで二人の会話に耳を傾けていた結子がつと起ち上がると、頼子の肩をマッサージしながら言った。

「お母さん、疲れたでしょう。少し休ませてもらったら」

すると、克己がすかさず声を出した。

「頼子伯母ちゃん、そうしてください。ぼくたちも、そろそろお暇しますから。ね、お母さん」

沙絵子はうなずいた。

結子や頼子に迷惑をかけてはいけないから、夕飯前には帰ろうね。克己とそう話し合ってきたのだ。

「そんなこと言わないで、夕飯食べていって。結子ちゃんがそのつもりで準備してくれているのよ」

頼子はその顔に切実さを漂わせ、二人を引き留めようとした。

沙絵子と克己は、どうしようかというように、顔を見合わせた。

「それにね、沙絵子さんに折り入ってお願いがあるの。透さんがいるところで、改めてお願いをしようかと思っていたの」

沙絵子は信じられない思いで頼子の顔を見つめた。

「透さんも早く帰ってくることになっているの。だから、沙絵子さん、お願い」

頼子はそう言って、両手を合わせ、頭を下げた。

二十年も前に離婚した亡弟の元妻である沙絵子に、頼子は必死さを滲ませ、何かを托そうとしていた。

それが何であるか、沙絵子には想像もつかなかった。が、沙絵子の胸中に熱いものが込み上げてくるのを感じた。

「お義姉さん、それではお言葉に甘えて、ご馳走になってゆきます」

「ああ、よかった」

頼子はホッとしたように、胸に手を当てていた。

「じゃあ、お母さん、一眠りしようね」

結子が頼子を支えながら、寝室に向かった。その後ろ姿を見送りながら、克己が言った。

「お母さん、ちょっとそこら辺を散歩してこない」

「そうだね」

二人はコートを羽織って、家の外に出た。「ここへくる途中に、川が見えたけど、遠いかな」

「いってみようか」

ゆく手に青く澄んだ空が広がっていた。

五

テーブルの上には大皿に盛った刺身の盛り合わせ、ちらし寿司、茶碗蒸し、里芋・蓮根・人参・ごぼう・こんにゃくの炊き合わせのほかに、結子特製のタレで絡めてオーブンで焼き上げたという鶏肉、すまし汁などが並んだ。

結子に支えられて頼子が席に着いた。

「とても気持ちよく眠れたわ」

頼子の顔にはかすかな赤味がもどっていた。

「散歩から帰ったあと、お義姉さんのアルバムやフォークダンスの衣装をたくさん見せていただいていたんですよ。衣装はみんなお義姉さんの手作りなんですってね。あんなに手が込んだもの、それも何着も、よく作れたなあと感心しました」

沙絵子がそう言うと、

「おばあちゃんが着物や帯を仕立てていたから、頼子伯母ちゃんも手先が器用なんですね」

克己が圭介のお気に入りだったという鶏肉を頬張りながら言った。

「そうかもね。踊るのも好きだけれど、この衣装作りが、わたしは好きだったの」

「フォークダンスというと、高校時代に踊ったオクラホマ・ミキサー、コロブチカ、マイムマイムぐらいしか知らなかったのですが、もっと広くて、奥深いものなんですね。アルバムを拝見して分かりました」

「そうなの。だから飽きずに長く続けられたのかもしれないわね」

「大きな団体のようですね」

「そう、六、七十名の会員がいるわね」

結子があいだに入ってきて言った。

「沙絵子叔母ちゃん、お母さんはそこで役員をしているの。それで、お母さんはお葬式のとき、どうすればいいかって、悩んでいるの」

「どうして」

沙絵子は尋ねた。

すると、頼子がその訳を話した。

つまり、自分の葬式には会員の多くが駆けつけてくれるだろう。また町会の誰かが亡くなれば弔問する習慣が残っているこの地では、近所の人たちも来てくれるに違いない。親戚にはまだ誰にも伝えていないが、何人かは来てもらえるだろう。そのほかに信之や結子の勤務する会社関係など合わせれば、百名前後の参列者が見込まれる。それで困っているのは、通夜と告別式の両日、受付を頼める人がいないというのだった。

なんだ、そんなこと。沙絵子は思わず心のなかで笑ってしまった。死んでいく当事者がそんな心配をしているのもおかしかったが、同時に切なくも感じられた。

「それなら、わたしがやりますよ」

「えっ、本当に、お願いできるの」

「ええ、お安いご用です。元銀行員ですから」

沙絵子は両手で紙幣を数える真似をした。

頼子と結子が、「よかったね」、「これでひと安心だね」と言い合うのを耳にしながら、本件の頼みというのは何なのだろうと頭を巡らした。


ガス会社に勤務しているという透が帰宅したのは六時を少し回ったころだった。急いで帰ってきたらしく、作業服のままだった。

「透さんが帰ってくるのを待っていてもらったのよ」

透は高い背をかがめるようにして、「すみません」と頭を下げた。

「いいえ、すっかりご馳走になってしまって。結子ちゃんの心づくしのお料理、美味しくいただいています」

「そう、よかった。わたしも今日はたくさん食べられたわ」

頼子がやや上気した面持ちで言った。

「あら、本当だ。いつもはこんなに食べられないのに。沙絵子叔母ちゃんと克己ちゃんに会えたからだよね」

と言ったあと、結子は「信之と会えないだけにね」と続けた。

怪訝そうな顔を向けた沙絵子に、結子は言った。

「沙絵子叔母ちゃん、聞いて。信之の奥さん、ひどいのよ。信之をお母さんに会わせてくれないんですって。わたしを取るか、お母さんを取るかなんて言うんですって。それで、昨日はスカイプでやっとお母さんと信之が泣きながらの対面をしたのよ。わたしももらい泣きしちゃった」

驚いている沙絵子に、結子はさらに続けた。

「わたしは、離婚しちゃいなさいって、言うんだけどね、信之は二人の子どもがもう少し大きくなるまでは我慢するって言うの」

「まあ、圭介さんのお葬式のときにお会いしたとき、とても幸せそうな家族にお見受けしたのに」

「そういえば、あのときだってね、克己くんが挨拶もしてくれなかったって、文句を言ってたそうよ」

「でも、最初からそうだったわけではないでしょう」

「多分ね。きっと精神を病んでいるんだと思うわ。わたしは信之が可哀想でならない」

沙絵子は何とも名状しがたい複雑な思いにとらわれた。

敦子もある時期、そういう状況に置かれていたといえなくもないし、圭介が再婚した女性もまさしく同じような病気を抱えていた。

圭介が心臓発作で他界したあと、彼女はその病をこじらせ、起き上がれなくなってしまった。頼子はそのために彼女の家に泊まり込んで炊事や掃除などの家事をこなし、土、日に帰宅する生活を一年近くも送ってきたのだった。

しかも昨年は彼女が入院せざるを得ない状況に追い込まれたため、中学三年の彼女の娘とミニチュア・ダックスフントの犬を引き取って、約三カ月のあいだ面倒を見てあげたとのことだった。

病を抱えた当人のつらさも計り知れないものがあるが、周囲の人間の気苦労も並大抵ではなかったろう。

それだけに頼子への協力を惜しまなかったという結子と透は、頼子にとってかけがえのない存在なのに違いなかった。

透は水分の制限を必要とするため「一杯だけ」と断わる克己を相手に、ビールを飲んでいたが、頼子がころ合いを見たらしく、ようやく切り出した。

「沙絵子さん、いまの結子の話で察しがついたかもしれないけど、お願いというのはね、この家の相続のことなの。結子が相続することは信之も承知しているのだけど、信之の連れ合いがそんな具合だから、どんな波乱が起こるか分からないでしょう。それでね、沙絵子さんが公正証書を作ってもらったという弁護士さんを紹介してもらえないかしら。わたしがまだちゃんと字が書けるうちに何とかしたいと思ってのお願いなの」

まったく想定外の頼みであった。たやすく即答できるようなことではなかった。

そもそも沙絵子が友人の伝で民主的な法律事務所のＫ弁護士の元を訪ねたのは、圭介が依頼した弁護士から、「奥さんも弁護士をお立てになったらいかがですか」と言われたからだった。

それは離婚の協議が円滑に進んでいなかったためではなくて、逆に圭介側から出された条件に、沙絵子が何の異議も唱えなかったからのようだった。たとえば銀行から借りた住宅貸付金の残額は、圭介が定年まであと六年間働いて返済するという条件を、沙絵子はそれでも構わないとしたからである。

「いやあ、こんな物分かりのよい奥さんは見たことがない」と珍しがっていたその弁護士は、そのうち何やら不安を覚えたらしく、そう提案してきたのだった。

沙絵子の相談に乗ってくれたK弁護士は、

「どんなによい人間でも、状況の変化によって人が変わることもあります」

そう言って、圭介には住宅貸付金の一括返済をしてもらうよう沙絵子に勧めたのだ。それればかりかK弁護士は、ほかにも沙絵子にメリットをもたらすいくつかの助言を与えてくれたのである。

沙絵子はそのことを圭介に伝えた。すると沙絵子がそうだったように、圭介も一も二もなく了解の意を示してくれたのだった。

そうしたいきさつを考えたとき、K弁護士を紹介してほしいという頼子の頼みは、何とも意外なことに思われた。が、もしかしたら頼子は圭介から聞いた話から、K弁護士の誠実な仕事ぶりを記憶に留めていたのかもしれなかった。

離婚したあと、沙絵子が圭介に会ったのはただの一度―沙絵子が連絡してきてもらった克己の人工透析導入のための手術のとき―だけにすぎなかった。

けれども、沙絵子は身体障害者となった克己のことで、何か行き悩むようなことがあると、彼の父親である圭介に何度か相談の手紙を書いた。

「頼ちゃん、何て返事を書いたらいいのかな」

圭介はそう言って、頼子に手紙を読ませてくれたそうだ。他者に相談事をするのを好まない圭介が、そんなふうに頼子を頼ったのも、「ぼくは一度家庭を捨てた人間だから、何かを言える父親の資格はないいんだ」とみずからを貶めてのことらしかった。

それでも、圭介が亡くなる四年前、沙絵子と共通の銀行仲間から真美の結婚を知らされた圭介は、沙絵子を通じて真美への祝い金に手紙を添えて送ってくれた。その手紙に込められていたのは、かつての卑屈な影はなく、父親としての情愛と、社会変革をともにめざす同志としての連帯の思いであった。

「結婚を祝う会」の席上で、その手紙を代読する克己を映した場面も含まれたビデオを送ったとき、圭介は頼子と一緒にそれを見ながら目を潤ませていたという。

沙絵子は圭介との離婚を決めたとき、これからは友人として、同志として、付き合っていけると思っていた。だが、そういうふうにはなれなかった。けれども頼子の口から語られる圭介にまつわるエピソードを聞いて、そうではないのかもしれないと思った。

たとえ夫婦の絆は失われても、なお失われずに残っているもの。頼子はそれを圭介と沙絵子のあいだに見てくれたからこそ、五年前、圭介との永遠の別れの場に沙絵子を招いてくれたのに違いなかった。

そうして二十年の断絶を経て、頼子とふたたび繋がることができたからこそ、沙絵子が知らなかった圭介に巡り会えた今日という日があるのだ。

「沙絵、頼ちゃんの力になってあげてくれ。ぼくからも頼んだよ」

先ほど克己と散策に出たとき、青空の彼方から聞こえてきた圭介の声が、沙絵子の胸に蘇った。

「お義姉さん、分かりました。できるだけ早くK先生との連絡を取ってみます」

透が頭を下げる姿が、沙絵子の目に入った。

「わたし、雅之さんに報告しなくては」

隣りの部屋の整理箪笥の上に置かれた仏壇のほうへ歩き出した頼子の身体を、「お母さん、危ないってば」と結子があわてて支えようとしていた。

軍艦島へ

一

「八月三日から二泊三日で長崎へ行くんだけど、よかったら、行かない」

定年退職後も国公労連傘下の労働組合執行委員に続き執行委員長をも務めてきた岩城則雄からそう声をかけられたのは、早くも真夏日が続いていた五月下旬のころだった。

その日は、「M文学会」I支部の運営委員会が、二十一年前の支部結成時から支部長を務める牧村沙絵子の家で開かれていた。

例月どおり、毎月発行の支部通信を、支部員と月刊誌『M文学』定期読者へする発送作業を四人の運営委員で終らせ、続いて委員のなかで一番若い事務局長の岩城が司会を務める当面の活動についての話し合いが閉じられた後のことだった。

一日にいくつものスケジュールをこなすという岩城は、この後も別の用事が控えているらしく、そそくさと帰り支度を始めながら、ふと何かを思い出したかのように、沙絵子に向かってそう言ったのだった。

「ああ、親しむ会のプレ企画?」

沙絵子はそう尋ねた。

「親しむ会」というのは、二十二年前、つまりM文学会I支部より一年先にI市に結成された「Iで演劇に親しむ会」の略称であり、岩城は結成以来の会長であった。

年に一回、I市文化会館小ホールで、友好関係のある劇団の作品を上演してきた親しむ会は、そのプレ企画として、夏から秋にかけて、その上演作品にちなむ旅行がおこなわれるのが、毎年の恒例になっていた。

「いや、今回はちょっと違うんだよね。公演は来年の後半だしね」

と、岩城は端整な顔に笑みを浮かべながら言った。そういえば、この一月に三人の俳優による朗読劇が同会主催で上演されたばかりだった。

年明け早々に心臓病の発作で緊急入院し、危ない目に遭ったという岩城が、受付の傍に立ち、笑顔で観客を迎えていたことを、沙絵子は思い出していた。

「今回の長崎ツアーはね。実はコーちゃんの応援というか、追っかけというか」

岩城はそう言って、その後を続けた。

親しむ会の生みの親ともいうべきS劇場の河野佐和子が、この夏、九州地方を巡演するD劇団への客演として招かれ、八月三日がちょうど長崎公演に当たっているのだそうだ。それでいっそのこと、長崎に応援に行こうか、という話に役員のあいだでなったのだという。

「たまには、こんな企画があってもいいかな、と思ってさ」

「それは、いいわね。コーちゃんも喜んだでしょう」

「そりゃあね」

沙絵子は深くうなずいた。

でも、わたしは無理かもしれないな。そんな思いが沙絵子の胸のなかをかすめた。

なぜなら八月三日といえば、遅れに遅れている支部誌の発行作業が、ちょうど最終工程に差しかかる時期だからだ。それも巧くいっての話だった。

しかも七月十日には、かねてより「かつて日本人が経験したことのない歴史的選挙」と目される参議院選挙が控えていた。市民と野党が全国的規模で選挙協力をおこなうという、日本人にとって初めての挑戦となる選挙だった。

だからといって、I支部の活動を休んだり、手を抜いたりするわけにはいかなかった。訳あって不在となっている支部誌編集長の代行を務めながら、自身の創作の脱稿をもめざそう、と沙絵子は覚悟を決めている。

また、日本共産党に巡り合ってからちょうど五十年を迎えた沙絵子は、こんどの選挙戦ではたとえささやかでも、その経歴に恥じない足跡を刻みたいとも願っていた。

双方の覚悟と願いをともに成就させることは、意地と負けん気とで乗り越えることができた十年前ならともかく、後期高齢者などと呼ばれる世代に入った今の沙絵子には、高すぎるハードルへの挑戦にも等しい課題と思えた。

そのために発行作業に支障をきたすことになれば、長崎ツアーなんかに参加する場合ではないだろう、ということになりかねない。

そんな思いを巡らしていると、岩城は先を急ぐのか、返事を求めることなく、「じゃあ、またね」と言って起ち上がった。

それから半月ほど経った六月中旬のある日、沙絵子は遅い朝食を摂った後、配達された二つの日刊紙のうち、「しんぶん赤旗」を手に取って、目の前に広げた。

一面トップには、「野党共闘勝利と党躍進で日本政治の新しいページを開こう」という大きな見出しで、七月十日に迫った参議院選挙での必勝を訴える記事が載っていた。

安倍政権の打倒をめざし、国政選挙での協力をするという野党五党による合意が確認されてから、四カ月も経たないうちに、全国三十二の一人区すべてに野党統一候補を実現させるところまで到達していた。

綱領も規約も異なる党と党とのあいだで、こんな短期間によくぞここまで到達させられたものだ、と沙絵子は思う。

同じ志と信頼の絆でつながった個人と個人のあいだですら、ちょっとした意見の食い違いから、そのまま決裂に至る場合もあれば、互いに傷つきながらもこじれた関係の修復に長い時間をかける場合もあるというのに。

沙絵子はふと、三カ月半前、運営委員会での支部誌の発行を巡る意見の違いから予想もしない激烈な口争いとなってしまった岩城とのことを思い起こしていた。

人付き合いが不得手な沙絵子は、それゆえに幾度となく失敗を重ねてきた。が、概して長い年月の流れを待って関係修復にたどり着ける場合が多かった。

だが、今回の衝突が行き着いた先は、前者でもなければ、後者でもなかった。つまり、沙絵子が何よりも恐れた岩城との決裂を避けられたばかりでなく、わずか二カ月のあいだに信頼関係を取り戻す見込みがついた、ということなのだ。

なあんだ、たわいもない口喧嘩だったのか。誰かに話せば、きっとそう言われるであろう。たしかに、岩城の発した一言に自尊心を傷つけられ、激情に駆られた沙絵子の一人相撲であったのかもしれない。

だが、それは当日だけのことであり、以後は、極力そのことを忘れるようにして、食い違った意見をどうしたら合意に導けるかに心を砕いたつもりだった。

だから、わずか二カ月とは言っても、沙絵子には判決を待つ囚人のような思いで過ごした緊張と試練の日々であったことは間違いなかった。

沙絵子はこれまで、たとえ対人関係に亀裂が入ったり、断絶を余儀なくされることがあっても、いつか分かってもらえる日がくることを信じて待つことができた。

だが、いつまで待てるか、おぼつかない年齢に達してしまった今となっては、互いの人格を傷つけ合ったまま、交流を断つようなことを断じてしたくはなかった。まして、沙絵子に次ぐ古参となった岩城に、I支部をやめてほしくなかった。

ただでさえ多忙を極める日々を送っている岩城は、この三月末をもって労組の執行委員長を退任するとはいえ、いつまでも不老と健康を誇れる身体ではないことを認識したであろうのに、何と、障がいを持つ中高生の放課後デイサービス事業を運営するNPO法人を起ち上げる準備を進めているとのことだった。そればかりか、二年に一度、I市文化会館の大ホールで二日間にわたって上演される総勢二百名を超える市民による大規模なミュージカルのスタッフ事務局長を引き受けることになったとも聞かされていた。

岩城が沙絵子とのもめ事を機に支部を離れる決意を固めたとしても、何ら不思議なことではなかった。そうなることを恐れた沙絵子は、意識的にある努力をおこなうことに決めたのだった。

しかし、その成果はいっこうに現れなかった。むしろ、ますます泥沼の深みにはまり込んでいくようでさえあった。ただ、岩城が沙絵子をいっさい無視する態度をとらないことだけが救いだった。

成果とおぼしき変化が、岩城に突如として現れたのは、一カ月半を過ぎたころだった。沙絵子が幾度もためらいながら、勇気を奮ってチャレンジしたことが、決して無駄ではなかったことを知らされたのだった。

その一カ月半というのは、三月の例会と運営委員会、そして四月の例会と、岩城が三回続けて欠席していたあいだのことであった。岩城はスタッフ会議の日程と重なってしまったため欠席するという連絡をケータイのメールで寄こしたが、「やめる」という言葉を一度とて発することはなかった。

そして、彼にとって二カ月ぶりになる四月の運営委員会には、まるで何ごともなかったかのように、岩城は三人の運営委員の前に笑顔で現れたのだった。

沙絵子はこのとき、岩城がI支部から離れる気持ちはまったくないことを知って、ひそかに胸を熱くしたのだった。


沙絵子がふたたび新聞に目を移して、間もなくのことだった。電話が鳴ったので、受話器を取ると岩城からだった。

「これから早割の航空チケットを予約するんだけど、牧村さんはどうする?」

と尋ねられた。

沙絵子は長崎ツアーに参加するか、しないかをまだ決めてはいなかった。できることなら、河野さんを応援に行きたいと思った。彼女にはS劇場に在籍したことのある息子の克己が、一方ならぬ世話になっているからだった。

だが、ツアーに参加できる見通しはまったくついていなかった。だから、「どうせ行けないだろう」と岩城から見なされたなら、それは、それでしかたがない。沙絵子はそう考えていた。

それだけに、岩城が忘れずに確認の電話をくれたことが、沙絵子にはとりわけ嬉しく感じられた。

沙絵子は電話口に向かって、

「岩城さん、わたし、参加します」

思わずそう言っていた。

「えっ、行けるの。大丈夫？」

「そう聞かれると、心許ないところがあるけれど、とにかくプラス思考でがんばることにするから、きっと大丈夫」

沙絵子は気張ってそう応えた。

「じゃあ、決まりだね。チケット、予約しておくからね。いいね」

岩城が念を押した。

いまは週三回の人工透析を受けながら、外資系企業で契約社員として働く克己に、休暇を取ってもらえなかったらどうしよう。そんな心配がよぎったが、

「はい。お願いします」

沙絵子はそう応えていた。

二

長崎ツアーの出発日が六日後に迫った七月二十八日の夜、昼間、編集委員を兼ねる運営委員会で顔を合わせた岩城から、沙絵子のケータイにメールが届いた。

それは、親しむ会の副会長を務める元高校教師の美波から岩城宛てに届いたメールが、転送されてきたものだった。

そこには、ツアーの二日目の午後に予定されている「軍艦島上陸クルーズ」で、実際に船を下りて島に上陸する場合、足元が不安定なために転倒したり、怪我をしたりする恐れがあるため、上陸を希望する人は事前の予約が必要との説明があり、希望の有無が問われていた。

岩城は、足腰を痛めている妻に付き合うことにした、というコメントの後に続けて、沙絵子には、希望の有無を直接美波に連絡してほしい、と書いてあった。

沙絵子はこんどの長崎ツアーに「軍艦島上陸クルーズ」なるものが組み込まれていることを、このとき初めて知った。

そういえば、参議院選挙の投票日があった三日後に、ツアー参加者の顔合わせと打ち合わせがおこなわれるが、都合はどうか、と岩城からメールで尋ねられたことがあった。が、その日は別の予定が入っていたので出席できないと、返信を送ったことを沙絵子は思い出した。

そのとき集まった人たちには、きっと何かしら説明があったのだろうな、と沙絵子は納得した。それにしても、軍艦島などという奇妙な名前をもつ島が長崎にあったなんて、沙絵子は聞いた憶えもなかった。

俄然、興味を引かれた沙絵子は、しばしば転倒しては打撲傷を負ったり、捻挫をしたりしていたことも忘れて、岩城が付記してくれた美波のケータイアドレスへ返信を送った。

「このたびはお世話になります。長崎へは原水爆禁止世界大会への参加で、何度か行っていますが、軍艦島は初めてですので、上陸を希望します。よろしくお願いいたします」

すると、美波からも、

「了解しました。ご一緒できて嬉しいです。こちらこそ、よろしくお願いいたします」

という絵文字入りの返信が届いた。

三日後には、さらに詳しい日程表と、軍艦島クルーズ会社から乗船予約者宛てに書かれた注意事項が、美波からファックスで送られてきた。

その「注意事項」にはのっけから、「おひとり一枚、上陸にあたっての誓約書が必要です」と書かれていたことに驚かされた。

さらにその後には、「乗船から下船までは必ず船長をはじめ、船のスタッフの指示に従ってください」など、八項目の注意や禁止を告知する文章が続いていた。

いったい、軍艦島でどんなことが待っているのだろうか。沙絵子は何だか、とんでもないところへ連れて行かれるような気がしてきた。が、すぐに、それもまた面白いかもしれない、そんな怖いもの見たさに似た別の感興が湧いてもくるのだった。

通常ならすかさずインターネットで、「軍艦島」の検索にとりかかるところだったが、沙絵子はあえてそうしなかった。何しろ出発まで後三日しかなかった。

今はそんな寄り道をしている場合ではなかった。そんなわずかな時間をもったいながる貧乏性気質が顔を覗かせたこともあるが、出発前まですませておかねばならないことが色々残っていたからである。

支部誌の編集はどうにか目処がついていたし、三十枚の小説と十二枚のエッセイをも書き上げていたから、それはいいとしても、月末近くには無視するわけにはいかない定例の活動がいくつかあった。それに、母親のために三日間の有給休暇を取ってくれた克己に不愉快な思いをさせないためにも、洗面所や台所、それから猫たちのケージやトイレなどをきれいに清掃しておきたかった。

だからいいのだ。予備知識を持たないまま、未知の島を訪ねる旅というのも、なかなか乙なものではないか。沙絵子はそう割り切ることにしたのだった。

長崎港から一日に二便しか出ないというクルーズ会社の高速船で、軍艦島という無人島に上陸するのは、長崎を訪れて二日目の午後の予定となっていた。

一日目は、羽田空港へ七時十五分に集合した「Iで演劇に親しむ会」の十二人の仲間たちとともに、こんどの旅の第一目的である東京にアトリエを持つD劇団の公演に客演として招かれたS劇場のコーちゃんこと河野佐和子の応援を兼ねた観劇と、その公演に携わった劇団員たちとの交流にあてられていた。

公演が終了した後、居酒屋の一室でおこなわれる交流会までは、だいぶ時間があったので、コーちゃんとともにみんなで、出島の見学と散策に繰り出すことになった。

「克己は元気にしている？」

沙絵子より一回り若いコーちゃんが、いつものようにそう声をかけてくれる。たった二年の在籍から二十年も経っているのに、今でも「克己」と呼び捨てにし、そうやって気遣ってくれる彼女の優しさが身に沁みた。

二日目の行動は三手に分かれることになった。午前中は、平和公園を起点に山里小学校、永井隆記念館、永井博士が晩年を過ごした如己堂、それから浦上天主堂などの爆心地周辺を歩いたあと、原爆資料館を見学するという平和学習にあてられ、午後は足元が危険ということで事前に予約が取られていた軍艦島見学に日程が組まれていたからであろう。

一行のなかで一番の年嵩であり、長年演劇鑑賞運動に携わってきたという八十代のOさんが、朝食をすませた後、洒落たステッキを片手に、「じゃあね」と言って、一足先にタクシーに乗り込むといずこかへ消えて行った。

もう一組は、親しむ会の会長を務める岩城と足腰を痛めている彼の妻だった。彼らは午前中を他の仲間たちと一緒に過ごした後、原爆資料館の前で、「それじゃあ、七時に稲佐山でね」と手をひらっと振って離れて行った。

七時から稲佐山の展望台にあるレストランで「一千万ドルの夜景」と言われる眺望とディナーを楽しむことになっていた。

午後からの軍艦島上陸クルーズを予約してある九人の仲間たちは、長崎港フェリーターミナルへ向かうことになった。

親しむ会副会長の美波が、よく響く声でみんなに言った。

「ここから徒歩だと約四十四分かかるそうだけど、クルーズの出航は二時だから、昼食を摂ったり、受付をしたりの余裕は十分あると思うの。だから、歩きでいいよね」

「いいよ」とか、「オーケー」という声に混じって、「あら、バスなら十五分で行けますよ」

という声が聞こえた。

一行のなかでただ一人、昨日の朝羽田空港で、沙絵子が初めて会った女性だった。

誰に対してもはっきり物を言う美波は、このときも彼女の方を見てきっぱりと言った。

「でも、バスは乗り換えがあるし、バス停が離れているから、ちょっとせわしいじゃないですか。バスに誰かを取り残したりしたら大変ですからね」

「おお、さすが責任感の強い美波先生」

と男性の一人が揶揄を入れたのと同時に、

「そうですね。よけいなことを言ってごめんなさい」

先ほどの女性が屈託ない調子で応じていた。

そうしてみんなが炎天下の舗道を歩き始めると、先頭と後尾がどんどん離れていった。最後尾を歩くのは美波だった。音楽会やイベントなどで太鼓をたたいたり、篠笛を吹いたりもするしなやかな体つきをした彼女は、脚を痛めているらしく、左足を引き摺りながら歩いているのだった。

沙絵子も昨年の夏は、日本母親大会で兵庫へ行ったとき、オプションの異人館巡りで階段の多い坂道をかなり歩いても、何の支障もなかったのに、今年は半日歩き回っただけで、右足の外反母趾と薬指にできた魚の目が痛み出したのには閉口していた。

だから、四十四分も歩くと聞かされたときは、内心ええっと思った。が、跛行を余儀なくされている美波がそう提案する以上は、黙って従おうと思ったのだった。

沙絵子は以前地元のうたごえ合唱団で一緒に活動したことのあるほっそりした景子と肩を並べて、美波の少し前を歩いていた。が、ときどき後ろを振り返っては、美波との距離があまり離れないように気を配っていた。

そんな三人の付かず離れずの関係は、みんなで昼食に長崎ちゃんぽんを食べ、乗船の手続きを終えてからも続いた。

三

栈橋から少し離れたショッピングモールのトイレで、用を足した三人が乗船したときはすでに、背もたれのない細長い板のような座席しか残ってはいなかった。

三人は窓際から美波、沙絵子、景子の順に、その縁台のような座席に腰を下ろした。

やっと一息ついたところで、沙絵子は受付で手渡された軍艦島のパンフレットと乗船券を、ショルダーバッグから取り出した。A３の光沢紙を三つ折りにしたパンフレットにも、乗船券にも、当然のことながら軍艦島の写真が載っていた。

だがそこには、緑に覆われた山もなければ、樹木もなく、ただ焦げ茶色の岸壁に囲まれた内側に鉄筋コンクリートの高層建築が廃墟となって林立する異様な島の姿が、青い空と海のあいだに写されているだけであった。

背景の空の右手に書かれた説明文によると、この島は、三菱石炭鉱業株式会社の主力炭鉱があった高島から南西に約二・五キロ離れた沖合に位置する「端島」という海底炭鉱であり、その外観が軍艦「土佐」に似ていることから、「軍艦島」と呼ばれるようになったとのこと。そして、炭鉱閉山後は誰も住まない廃墟の島と化していったが、昨年七月、「明治日本の産業革命遺産―製鉄・製鋼、造船、石炭産業―」の構成資産の一つとして世界文化遺産に登録されたとのことだった。

沙絵子は左隣りに座っている景子に聞いてみた。

「ねえ、知ってた？　昨年、軍艦島が世界文化遺産に登録されたってこと」

「いや、知らなかったよ。この前、ツアー参加者の顔合わせがあったとき、美波さんのお話を聞いて知ったのよ。何でもね、その文化遺産は八県二十三資産から構成されたもので、軍艦島はその一つなんですって」

「まあ、そうだったの。全然、知らなかったわ」

「それでね。八県のなかでも、造船と炭鉱の発祥地となった長崎県は、長崎市内だけで八カ所の資産が登録されているんだそうよ」

「まあ、八カ所も」

「そう、軍艦島、高島炭鉱、旧グラバー住宅、それから、どこでしたっけ」

景子が沙絵子の膝上から手を伸ばして、窓の外を眺めていた美波の膝を軽く叩いた。すると、美波が二人の方に振り向いてちょっと顔をしかめながら言った。

「後の五カ所はね、グラバーが祖国のスコットランドから取り寄せた外国船の曳き上げ装置が保存されているという小菅修船場跡、それから三菱長崎造船所関連施設の四カ所だったかな。このクルーズはその辺りを通るから、きっとガイドさんが説明してくれると思うよ。わたしはあまり関心がないんだけどね」

「あら、関心がないって、どういう意味？」

民主的な病院で長年事務長を務めて来た景子が、遠慮のない口ぶりでそう切り込んだ。

「だって、あのときはにわか仕込みの情報を、ただ受け売りしていただけだったのだけど、あれからちょっと勉強する機会があってね。いろいろ考えさせられてしまったんだよね。で、そんな言葉が出てしまったわけだけど、適切ではなかったかもしれない。このツアーのなかで考えていきたいと思うしだいでございます」

「分かりました。それではぜひお勉強と考察の成果をご披露いただけることを願っております」

美波と景子がそんな問答を交しているうちにも、クルーズ船はすでに進航を始めていた。

それと同時に、マイクを通した男性ガイドの声も聞こえてきた。嫌みのない声の響きとその語り口に沙絵子は好感を覚えた。

ほどなくして、クルーズ船は巨大なクレーンが立ち並び、何隻もの大型貨物船やフェリーなどが停泊する三菱造船所の風景が眺望できるところまで来ていた。

美波が先ほど口にしたように、世界文化遺産に登録されたという第三ドックについてのガイドが始まったようだった。


「牧村さん、もうじき着くよ」

景子に膝を強く揺さぶられて目が覚めた。

波に揺られながら、ガイドの心地よい声を子守唄のように聞きながら、いつの間にか眠ってしまったようだ。

「後ろへ引っ繰り返りそうになりながら、寝ていたわよ」

沙絵子の腕に絡ませた自分の腕を解きながら、半ば呆れたように景子が言った。

「そうだったの。ごめんなさい」

「別に、いいんだけど、こんなところでよく寝られるなあ、って思ってさ」

「だって、わたし、宵っ張りなものだから、体内時計が狂ってしまってね、昨夜だって朝早かったのだから、すぐ寝られるはずなのに、明け方まで眠れなかったんだもの」

沙絵子がそんな子どもじみた言い訳を口にすると、

「牧村さんて、面白い」

美波が笑いながら言った。

「そう、意外と能天気というか、テンネンなんだよね」

景子がすました顔で美波に調子を合わせている。

「それでは、高島炭鉱の見学に行くとしましょうか」

美波がリュックから重そうなカメラを取り出して言った。

「えっ、高島炭鉱？」

ほらね、とでもいうように、沙絵子より年下の二人が顔を見合わせながら笑っている。

「このクルーズのコースはね、まず軍艦島の親会社ともいうべき高島炭鉱へ上陸してから、軍艦島へ行くんだってさ」

景子がそう教えてくれた。

下船してから少し歩くと、羽織、袴の男性が右手の人差し指でどこかを差している銅像が聳え立っているのが目に入った。近付いて見ると、「三菱創業者　岩崎彌太郎之像」と書かれたプレートがかかっていた。

そして傍らには、「岩崎彌太郎と高島」と題する文章と岩崎彌太郎の年表、高島の見取り図から成るパネルを取り付けた案内板が立てられていた。

それによると、江戸中期以降、佐賀藩が採掘していた高島炭鉱は、幕末にトーマス・グラバーが共同経営に乗り出し、近代的操業を試みたが、グラバー商会の倒産により破綻。明治に入ってからは、後藤象二郎が佐賀藩より払い下げを受けて操業を開始したが、こちらも立ち行かなくなった。見かねた福沢諭吉と大隈重信が、明治十四（一八八一）年三月、「日の出の勢い」の岩崎彌太郎に高島炭鉱の買収を進言した、と書かれている。

そして、最後の四行には、海運業を興し、鉱業・造船と事業を拡大していった岩崎彌太郎の経営哲学は、「期するは社会への貢献、すなわち事業を通じて国や人々に尽くすことにあった」と書かれ、明治十八（一八八五）年、「満五十歳でこの世を去ったその精神は、「今も燃える『黒ダイヤ』のように輝いている」と天にも持ち上げるかのような賛辞で閉じられている。

沙絵子は嫌な気持ちになった。

結局、長崎市内にある八カ所の資産というのは、そのほとんどが岩崎彌太郎率いる三菱財閥が経営に携わったり、密接に関わったりしたことで巨大な利益を得た事業ばかりなのではないのか。

それらを以て、岩崎彌太郎が「日本の近代化に多大な貢献をした」と評価されることに、沙絵子は大きな違和感を覚えざるを得なかった。


沙絵子は何年か前、文学散歩コースに組み込まれた、東京台東区の池之端にある、かつて岩崎家本邸として建てられた「旧岩崎邸庭園」を訪れたことがあった。

緑に囲まれた広大な庭園には、鹿鳴館やニコライ堂の設計を手がけたイギリス人の著名な建築家による洋館と撞球室、名だたる大工棟梁による和館の一部である大広間の三つの建物が現存し、いずれも重要文化財に指定されているとのことだった。

沙絵子はそれだけでも、三菱財閥なる富者が所有した、その贅を極めた邸宅と庭園のとてつもなく豪華な佇まいに、ただただ目を見張るだけであった。が、完成当初は一万五千坪の敷地に二十棟以上の建物が建ち並んでいたことや、その三分の一に縮小されているのが現在の「旧岩崎邸庭園」だと聞かされたときは、信じがたい驚きとともに怒りの感情さえ湧いてきたのだった。

そして今もまた、そのときと同じ感情に突き動かされていたのだった。

ふと、美波と景子が傍にいないことに気付かされた。沙絵子が岩崎彌太郎の案内板に気を取られているあいだに先へ進んだようだった。端島（軍艦島）のかなり大きな全体模型や、「坑内バッテリー機関車」「坑内給水車」「坑内斜抗用人車」などが設置されている広場を見渡したが、二人の姿は見当たらなかった。

すぐ目の前にある「石炭資料館」に入ったのだろうと思い、沙絵子も館内へ足を踏み入れたが、そこにも二人の姿はなかった。

一階には高島炭鉱の歴史や、炭鉱の創業以来、周辺の端島をはじめ八つの抗区を拡大していった三菱の「発展」を物語る何枚ものパネルや、日本最初の鉄製「夕鶴丸」の模型、石炭のサンプル、煉瓦造りの斜坑口に掘られた三菱マークの社章などのほか、二階と跨がって採掘に使用したさまざまな道具や器具が展示されていた。また、端島神社にあったという神輿も目を引いた。

それらのなかに坑道を歩く炭鉱夫たちの群像と、坑内で何か作業しているらしい白い作業服を着た一人の作業員を描いた絵が二枚、展示されているコーナーがあった。

壁には「高島炭鉱を支えた人々」と「高島炭鉱職員クラブ」という二つの見出しのついたパネルが展示され、展示台にはその娯楽施設である「職員クラブ」の立派な洋風建築の模型が置かれていた。

だがその娯楽施設で宴会や玉突きを楽しむことができたのは、「職員」層だけであり、坑内で昼も夜もまっ黒になって働く労働者にとっては、縁のないところであったに違いない。

また多数の犠牲者を出した落盤事故とか、暴動とかが、この炭鉱になかったはずはないのに、そんなこととはまったく無縁であったかのような資料館のあり方にも、沙絵子は失望を覚えた。

外へ出ると、四方を柵に囲まれた軍艦島の大型模型を見学している美波と景子の姿が目に入った。沙絵子が近付いていくと、景子が気付いたらしく、右手を振って、「おいで、おいで」の仕草をしていた。

四

無人島の端島こと軍艦島へ到着したのは、高島港桟橋からふたたび乗船してから、十数分経った後のことだった。

「ドルフィン」と呼ばれる桟橋を渡ると間もなく、舗装された道路が島の南端に向かって延びているのが見渡せた。この桟橋と、両脇に白い柵が設けられた二百二十メートルの歩道。その途中に設けられた三カ所の「見学広場」。軍艦島の南半分に位置するそれらだけが、長崎市の条例で許可されている上陸可能区域のすべてなのだった。

何しろ白い柵の内側には崩壊した建物がそのまま放置され、瓦礫が山となって広がってもいた。朽ち果てた建物のなかへ足を踏み入れれば、どんな危険に巻き込まれるか知れなかった。救助を求めたところで、ヘリが着陸するスペースさえないのだから。

桟橋を渡ってすぐのところに、第一見学広場が整備されていた。彫りの深い顔立ちをした中年の男性が遅れてくる人たちを待っていた。やがてワイヤレスマイクを手にした彼の声に、船内で心地よく聞いたあの声の主だとすぐ分かった。

第一見学広場からは、主力抗だった第二竪坑抗口へ行くために設けられた桟橋への昇降階段部分と、貯炭場に蓄えられた精炭を石炭運送船に積み込むためのベルトコンベヤーの支柱の連なりが見渡せた。第四竪坑まであった島の鉱山施設はほとんど崩壊し、かろうじてこの二カ所が、海底炭鉱であった過去を偲ぶことのできる場所になっているとのことだった。

階段を上り、桟橋を渡った抗夫たちは、第二竪穴抗口から海面下千メートル以上の地点まで下りなければならなかった。それもボクシングのリングのような足場だけしかないゴンドラで、垂直に六百メートル地点まで急降下した後、さらに六十度の坂道を四百八十メートルもトロッコで下るのだそうだ。慣れない抗夫はたいがい気絶してしまうほどだったという。

採掘場所はといえば、勾配がきつく、気温三十度、湿度九五パーセントもある蒸し暑い闇の中で、腹這いになって三交代、後に二交代作業に従事しなければならなかったという。しかも、いつ発生するか知れないガス爆発や落盤事故に怯えながらであった。

第二見学広場からは総合事務所であったことを偲ばせる煉瓦づくりの建物が、崩壊寸前の姿を曝しているのが見えた。周辺にはこうした会社関係の建物が、閉山時には多数建てられていたそうだが、今は瓦礫の原野としか言いようがない風化ぶりであった。

総合事務所の地下には抗夫たちのための共同浴場があり、汚れた作業服のまま入る浴槽とそうでない浴槽とに分かれていたそうだ。片方の浴槽がたちまち真っ黒になったことは言うまでもないだろう。

そんなイメージしやすい話の延長のように、ガイドの話は島の暮らしに関わるエピソードに移っていった。

沙絵子が興味深く聞いたのは、主婦や子どもたちがわざわざ土を屋上まで運んで野菜や花を育てたという話だった。「屋上」と言うから、後で説明された高層アパートが建てられた大正五年以降のことであろう。

端島は元々、岩礁と砂州に囲まれた小さな瀬に過ぎなかったところを、六回にもわたる埋め立て工事によって、当初の三倍の面積に拡張させた人工の島だったという。岩石とボタから成る地上には草や木も植えられなかったため、「屋上に菜園を」、という発想が生まれたのに違いない。沙絵子には野菜や花の成長を慈しむ主婦や子どもたちの笑顔が浮かんでくるようだった。

見学通路はやがて南側先端にぶつかった後、亀の背中と首に似た斜めの道から頭の部分へと続いていた。そして亀の頭のように突き出たところを東に向かって歩くと岸壁にぶつかるところに出た。

その少し手前が第三見学広場になっているところだった。すぐ目の前には、日本最古の七階建て鉄筋コンクリート造り高層アパートといわれる、大正五年に建てられた建物が、廃屋さながらの風体でそそり立っているのが見えた。

小さな狭い人工の島である端島に、なぜこのような高層のアパートが建てられたのか。それは、採炭量の増加にともなう人口の増加に対処するにはこうする以外にない、と打ち出された三菱鉱業株式会社の方策であったのだそうだ。

その後もつぎつぎに増設され、最盛期には五千人を超える人々が居住する島となっていったとのこと。当時の東京都の約九倍、世界一ともいわれる人口密度だったというから驚きだ。

やがてガイドの話は、ふたたび「当時」の島の暮らしへと移っていった。

「鉱員の給料は一般のサラリーマンより高く、家賃も光熱費もタダだったので暮らしはとても裕福だった」

「島には、学校、幼稚園、床屋、美容院、神社、映画館、プール、テニスコート等々、何でもあった。なかったのは墓地だけだった」

「日本の家庭でまだテレビが多くは普及していない時期、島ではどの家庭にもあった」

「電化製品の普及率は県下一を誇った」

「映画のロードショーは長崎市内の映画館に先駆けて上映された」

そうしたエピソードを散りばめながら語られる往時の端島は、まるで楽園の地でもあったかのように描き出され、郷愁を誘うガイドの語り口に、周囲からは感嘆の声が漏れるほどだった。

だが沙絵子にはとてもそんな心持ちにはなれなかった。ガイドの話が嘘だとは決して思わないが、語られないことが多すぎるのではないかと思うからだった。

何しろ、語られたエピソードはおしなべて、高層アパートが建てられた大正五年

(一九一六年)から四、五十年を経た高度経済成長期における島の暮らしにスポットを当てられたものばかりだったからだ。

その高度経済成長時代もやがて終焉を告げ、我が国のエネルギー政策が石炭から石油へと転換したことにより、端島炭鉱は一九七四年一月、八十五年にわたる操業を終らせ、閉山を余儀なくされたのである。そして、その三カ月後には誰も住まない無人の島となってしまったのだった。

それから四十二年、廃墟と化した軍艦島を目の前にして、その歴史的事実を初めて知らされた沙絵子にしてみれば、もっと、もっと、語り継がれ、記憶されるべきことが他にあるのではないのか。そう思われてならなかった。

軍艦島への上陸が可能になったのは、無人島となってから三十五年を経た二〇〇九年からだという。折からの「廃墟ブーム」に便乗した観光地化を狙ったものらしいが、昨年の世界文化遺産への登録以来、軍艦島へ訪れる人たちが、それまでの四倍近くに増えたとのことだった。

それならば、なおのこと、ただ郷愁としてだけ語られるのではなく、歴史の真実に学ぶ視点からのアプローチが欲しい、と沙絵子は思うのだった。

桟橋の近くに整備された第一見学広場に差しかかったときだった。例の彫りの深い顔立ちをした男性のガイドが、一行を呼び寄せているのが見えた。何だろう、と思いながら、沙絵子は近寄っていった。

彼は集まった人たちに向かって、

「軍艦島への上陸も、ここでお別れということになりますが、その前にもう少しお話しをさせてください」

と、言った。

そして、後方に見える第二竪坑抗口へ行くために設けられた桟橋への昇降階段を指差しながら、真剣な面持ちで話を始めた。

「みなさん、あの階段は抗夫たちが、毎日、採掘場へ下りるときと、上がってきたときに昇り降りする階段だと、先ほど説明させていただきました。あの真っ黒になった階段は、採掘場から上がってきた抗夫たちの足の汚れ、つまり、何十年にもわたるその汚れが染みついたものです。が、この階段を上がったまま、下りて来られなかった抗夫が何百人もいると言われています。

あるとき、ある外国の方から、『その数のなかに我が同胞たちも入っていますか』、と尋ねられたことがあります。わたくしは、『いいえ、入っておりません。そういう記録が残されてはいないのです』とお答えしました」

彼はそこで、言葉を切った。

やっぱりそうだったのか、と沙絵子は思った。

日本が太平洋戦争の末期、捕虜の中国人や植民地にしていた朝鮮人を、日本中の炭鉱や鉱山に強制動員していた事実はよく知られている。この島が例外であるはずはないと思っていたからだった。

彼の口から発せられたごく短いエピソードは、国策と深く結びついた三菱財閥の「戦争商人」ともいうべき資本の非道な本性を、沙絵子に垣間見せてくれたのだった。

三菱財閥は、徴兵や徴用で戦場に駆り出された日本人の成人男子に代わる労働力として、中国人や朝鮮人を強制的に大量動員しておきながら、彼らについての公的な記録を、すべて隠滅してしまったに違いないことを示唆してくれる一言であったのだから。

やや経って、彼はふたたび話を続けた。

「それから、もう一つ、わたくしがこれから申し上げることに、みなさんはさぞかし驚かれることと思います」

先刻よりずっとリラックスした口調で、彼はそう言った。

「すでにみなさんがご存知のように、軍艦島は昨年七月に、『明治日本の産業革命遺産―

製鉄・製鋼、造船、石炭産業──』の構成資産の一つとして、世界文化遺産に登録されました。

軍艦島といえば、誰もが高層建築の廃墟を連想されると思います。ですが、ユネスコへ提出する推薦書には一九一〇年までのものという下限があるそうですので、大正、昭和に建てられた建物がほとんどの廃墟は登録対象にはなっていないのです」

彼はそう言って、見学者の顔を見渡した。

沙絵子の周りで、「ええっ」とか「嘘でしょう」とかの声が上がった。

「では、何が登録された資産なのかと言いますと」

そう言って、彼が語ったのは、一つが明治時代に海底に掘削された第二竪穴坑だが、現在は安全上公開されていないこと、もう一つが、島の周囲の至る所に残る明治期の石積護岸で、石灰と赤土を混ぜた天川と呼ばれる接着剤で石を積み上げていった頑丈な擁壁となっているところだという説明であった。

どことなく拍子抜けしているような見学者に向かって、彼は言った。

「この天川の護岸を見ておかないと、軍艦島の世界文化遺産を見たことになりませんからね。この後、船内からじっくりとご覧になっていただきたいと思います。軍艦島らしい独特の風情が醸し出されて、なかなかの景観となっていると思います」

「何か、騙された感じね」

「ほんと。そんなこと、パンフレットにも書いてなかったわよね」

沙絵子の後ろで、そんな話し声が聞こえた。

たしかに、手品の種明かしをされたような、不可解な思いが沙絵子にもあった。

けれども、ガイドの彼は見学者を欺くようなガイドをしたわけではないだろう。彼は一つの事実を語っただけで、むしろ何らかの利益のために小細工を働いた人たちや団体の存在を、見学者にそれとなく気付かせてくれたような気がするのだった。

彼以外のガイドのなかにも、こうした二つの話をする人がいるのだろうか。そして彼は今日だけに限らずいつもそうしているのだろうか。ほんとうのことはわからなかった。

五

栈橋を真ん中辺りまで歩いてきたところで、沙絵子は振り返って岸壁を見渡した。岩石を接合したという天川の護岸はすぐ目の前にあった。上陸時も目に入ったはずだが、記憶に留まってはいなかった。

これが、ほんとうの世界文化遺産に登録された構成資産の一つなんだ。沙絵子は複雑な思いで、それを見つめた。

前へ向き直って、接岸したクルーズ船に向かって歩いていると、デッキから景子が手を振っているのが見えた。沙絵子も手を振って、彼女に応えた。

デッキに上がって行くと、客席に腰を下ろし、アイパッドの画面を見つめている美波の姿が目に入った。


クルーズ船が運航を始めると、デッキは大きく揺れた。手すりに掴まっていないとよろけて転びそうだった。被っていた帽子も飛ばされそうなくらいの風も吹いていた。

軍艦島への上陸希望者に提出を求めた「誓約書」に付いていた「注意事項」によれば、雨天の際には、航行中、不測の波浪により、海水が客席まで入ってくる可能性があると書かれていた。安全誘導員が要所、要所に立っているのは、そうした不測の事態に備えてのことなのだろう。

やがてクルーズ船は、昭和三十年代はじめ以降に新設された小中学校や体育館、四階建ての病院、隔離病院とグラウンド、テニスコート、児童公園などがあったという島の東先端をぐるっと回って北側に出た。

栈橋から見て反対側に当たるそこは、高層の職員住宅と鉱員住宅などの建物が所狭しと建ち並んでいる場所であった。

船上からは南側にはなかった樹木の繁りが見渡せた。真ん中の奥の方に、神社の祠が見えた。神殿の下には拝殿もあったそうだが、両方とも倒壊してしまったそうだ。

沙絵子は景子と並んで、手すりに掴まりながら、船から遠ざかってゆく洋上に浮かぶ廃墟の島をたがいに無言のまま見つめていた。

やがて、その島のかすかなシルエットが、視界から消えていった。

景子と沙絵子は、円形のテーブル席へもどっていた美波の傍へ行き、その両隣の席へ腰を下ろした。

「そういえば、美波先生、乗船したときに、何か意味ありげなことをおっしゃいましたわよね」

そんな景子の言葉に、美波よりも沙絵子が先に、「そう、そう」と合いの手を入れていた。

「そうだっけ」

と、美波がすました顔で言った。

「いやだあ、とぼけて。ねえ、言ったわよね。何かの勉強をする機会があって、いろいろ考えさせられたって。で、この旅行中も考えを深めたいというようなことを」

景子が相槌を求めたので、沙絵子はうなずいて言った。

「わたしも、実は気になっていたの。美波さんがこだわっているのは何なのかなって」

「ほらあ」

景子が美波の肩を押した。

「別にとぼけたわけじゃあないのよ。ちょっと、まだ整理ができていないことがあってね」

沙絵子は二人の会話に割り込んで言った。

「美波さんが何にこだわっているのか、わたしが推察したことを言っていいかな」

「どうぞ、どうぞ」

二人が声を合わせて言った。

「午前中に、平和祈念像の前で、案内人のガイドさんが、そこでの説明を切り上げようとしたときに、美波さんがその男性に話しかけてたよね。『広島・長崎の全爆死者のうち、六人に一人は朝鮮人だったそうですね』、って。でも、中学校の教師をしていたというそのガイドさんはノーコメントで、聞こえないふりをしていたみたいだった。代わりに、Hさんが『えっ、六人に一人が』って大きな声で言ったのが、とても印象的だった。Hさんが続けて、『人数にすると、どのぐらいなのかな』と誰にともなく尋ねたときも、ガイドさんは知らん顔をしていて、美波さんが応えた。広島が三万人で、長崎が一万人だって。そうだったよね」

美波が黙ってうなずくと、

「あら、よく憶えていたわね」

と、景子が感心したように言った。

「で、わたしはあのとき、美波さんはよく勉強をしているんだなあと敬意を覚えたのと同時に、あのガイドさんの態度に違和感というか、失望を覚えたの。美波さんの言った事実をまったく知らなかったのか、それとも知ってはいても、みだりに話すべきではないという制約でも受けていたのかしらって。で、軍艦島へ上陸して、この目で見たり、聞いたり、とくに見学の終わりに、あのエキゾチックな顔立ちのガイドさんが話してくれたことを吟味しているうちに、美波さんのこだわりが、日本と韓国との関係にあるのではないかと思えてきたのだけど、違ってますか？」

「いいえ、当たりです。分かってもらえて嬉しいわ」

美波が笑顔を向けてそう言った。

「でも、その核心が何なのかを掴めないので、美波さんに聞いてみようと思いながら、桟橋を歩いていたのよ」

「わたしも聞きたい。乗船したときに、話してもらう約束したものね」

そう確認をする景子に、

「はい、分かりました。では、どこから話したらいいかな」

美波はそう言って、わずかなあいだ、考えていた。が、やや経って、おもむろに話し出した。

「わたしはT座の友の会にも入っているのだけどね、この夏におこなわれる公演が在日韓国人の人権獲得運動に力を尽くした同胞牧師の半生を描いたものなの。それでこのあいだ、プレイベントの学習会が、劇団のアトリエであってね、そこに高麗博物館のスタッフだという女の人が出席していたのね。あっ、高麗博物館て知ってる?」

景子も、沙絵子も「知らない」と応えた。

すると美波も、

「わたしも知らなくて、後で知ったのだけど、その博物館はね、日本とコリアの交流を学ぶ博物館を市民の手でつくろうという十一年がかりの運動が実って、十五年ほど前の二〇〇一年に開館されたところだったの」

そう言ってから、美波は本題に入っていった。

高麗博物館の女性が、そのとき出席者に配布していたのが、その博物館で開催されるという、『被ばく71年　韓国・朝鮮人と日本』という企画展の案内だった。

美波は彼女の話にも関心を引かれたので、ある日、新宿にあるその博物館へ出かけて行った。ビルの七階にあるその博物館では、古代から近現代に至るまでの日本とコリアとの関係を時代に沿いながら歴史の事実を表現した常設展示のほかに、二十四枚のパネルにまとめられたその企画展とが開かれていた。

広島・長崎の被爆者総数が約七十万人で、そのうち朝鮮人が七万人、つまり十人に一人が朝鮮人であり、爆死者は六人に一人、四万人もの朝鮮人の命が奪われていたこと、しかも、生存した被爆者約三万人のうち約二万三千人が、戦後になって帰郷したが、海外での居住を理由に、日本の被爆者援護法の適用はおろか、まともな治療さえ受けられずにきていることなどを、それらのパネルから知って、美波は愕然とせずにはいられなかった。

原水爆禁止世界大会や国民平和大行進にしばしば参加してきたにもかかわらず、何も知らずにきた自分自身に対してもだった。

美波が平和祈念像の前で、ボランティアのガイドに向かって思わず口にしたのも、自分が受けた衝撃へのフォローを無意識のうちに求めていたせいかもしれなかった。

続いて美波の目が釘付けにされたのは、「強制連行と被爆—Sさんの証言」というタイトルを付したパネルの前に立ったときだった。

そこには、十四歳のとき、田んぼで草取りをしているところへ、突然やってきたトラックに強制的に乗せられ、翌朝釜山から連絡船で下関へ向かい、三百人ほどの若者たちと一緒に長崎港外の端島（軍艦島）へ連れてこられたSさんが、後に三菱重工長崎造船所へ送られ、十六歳になった八月九日、ドックの作業中に被爆し、落下してきた鉄板で脚に重傷を負うまでの証言が紹介されていた。

そのなかに、端島へ強制連行された朝鮮人たちへの過酷な労働と非人間的な扱いを怒りを込めて告発している箇所があった。

一日十二時間、海底の狭い掘さく場に這いつくばっての重労働、豆カス八割、玄米二割のめしに鰯の煮付けだけの食事、下痢が続き、身体が衰弱しても、仕事を休めば過酷なリンチが待っていた。

二十歳に満たない仲間たちが、落盤で命を落とすだけでなく、自殺をしたり、逃げようとして溺れ死んでしまったりするのを、何十人も見てきたSさんは、

「今、この島を軍艦島と言っているが、絶対に逃げられない監獄島だ」

と、悲痛な叫び声を上げているのだった。

やっぱり、ここもそうだったのか。

自分たちがこれから訪ねようとしているのは、許しがたい人権蹂躙がおこなわれた監獄島でもあったのか。

そう思ったとき、こうした負の遺産を抱えた端島が、なぜ「明治日本の産業革命遺産」を構成する二十三の資産の一つとして、世界文化遺産に登録されたのか、美波にはまったく理解できなかった。

美波はこの疑問を解くために、高麗博物館で購入した三冊の本を読むことと、パソコンでのネット検索でさまざまな情報を集めてみることを思い立った。

六

そこまで話したところで、美波はペットボトルの蓋を開けて、水を飲んだ。

景子と沙絵子は、美波の次の言葉を待った。

美波はリュックからノートとファイルを取り出すと、ノートのページをめくりながら話し始めた。

「そうしたらね、色んなことが分かってきたのよ。まず、世界文化遺産への登録が決定される前に、韓国から猛反対があったということね。反対の理由は、日本による植民地時代、二十三の施設のうち七つの施設に、五万七千九百人の朝鮮人が強制動員されていた歴史的事実から目をそらし、産業革命資産と美化して世界遺産に登録するなんて許せない、ということだよね。

ところが日本政府は、産業革命資産群は一九一〇年以前の話で、そこに朝鮮人への強制労働がおこなわれたかどうかという問題ではないから『時代が全然違う』とか、国民徴用令に基づき朝鮮半島出身者の徴用がおこなわれた時期はあるが、その徴用は『強制労働には当たらない』と否定する立場なんだよね」

「でも、登録されたということは、日本が強制労働を認めたってことではないの？」

景子が疑問を挟んだ。

「そこがきわめて曖昧かつ狡猾なところなんだよね」

「えっ、どういうこと？」

「強制労働があったかどうか、という問題についてはね、日本と韓国のあいだでは登録直前まで協議がおこなわれたんだって。その過程で、韓国政府は、世界遺産委員会にね、朝鮮人の強制労働の歴史を登録に反映させるように、と要望したんだそうよ。登録に猛反対した韓国政府がそこまで譲歩したというわけよね。では、日本政府代表団がどうしたかというとね、登録決定の裁決直前になって、『一九四〇年代に一部施設で朝鮮半島の多くの人々が、本人の意思に反して連れてこられ、厳しい労働を強いられた』と事実上強制労働を認めた発言をした上で、情報センターの設立など被害者を記憶するための措置を取る方針を表明したんですって。

その結果、登録決定文の注釈には、『世界遺産委員会は日本の発表を注目する』と明記されることになり、委員国の全会一致で登録が決まったわけね。そして、日本政府は二〇一七年、つまり来年の十二月一日までに世界遺産センターに経過報告書の提出を義務づけられたのだけれどね……」

「登録決定から一年を過ぎたけど、日本は約束を何も果していないということ？」

沙絵子がそう尋ねた。

「そうなの。もちろん、まだ猶予はあるにしても、高島や端島に『被害者を記憶するための措置』なんて、何一つ取られていなかったもの」

「そうだったわね。結局、日本政府代表団はその場逃れにそう言ったまでで、本心から強制労働を認めたわけではないのだと考えざるを得ないわよね」

「そのとおりよ。遺産の登録が決まったあと、日本側は自国の発言について「強制労働」を意味しないことを強調していると、ウィキペディアに書かれているくらいだもの」

美波がそう話すと、景子も言った。

「それでも政府は何とかして軍艦島を入れたかったのね。明治に限定したなかで、廃墟の軍艦島を遺産として申請するために、すでに崩壊していたり、いつ崩壊するかもしれないあの二つを、苦しまぎれに持ち出してきたという感じだもの。ガイドさんの説明がなかったら、知らずに帰るところだったわ」

「ほんとにそうだよね。実はわたしも、このことはここへ来て初めて知ったのよ。それから、一九一〇年という下限が付けられていたこともね」

「えっ、ほんとう？」

「まあ、そうだったの」

景子と沙絵子は、ほぼ同時に声を上げた。

「それでさっきね、一九一〇年が元号でいうとどうなるのかアイパッドで調べてみたら、何と明治四十三年だと分かったの。明治って四十五年まであるのに何でと思って、さらに『朝鮮の歴史』で検索してみたのね。そうしたら、何と出てきたと思う？」

「一九一〇年は、日本が朝鮮を植民地化した年だったってこと？」

沙絵子は当てずっぽうに言ってみた。

すると美波が言った。

「そう。正解よ。日本はその年、朝鮮に韓国併合条約をむりやり結ばせて、日本の統治下におくようになったのよ」

「そうか。でも、登録申請のタイトルを『明治』云々としながら、なぜ明治四十三年までと区切ったのか、その意味は何なの？」

　そんな景子の言葉に、美波は「そうねえ」、とつぶやいた後、果てしなく広がる青空を仰いでいたが、やや経ってから口を開いた。

「つまりね、うまくは言えないのだけど、強制労働問題の根底には、日本が朝鮮半島への侵略と植民地支配下においてきたという動かしがたい歴史的事実があるわけだよね。だから、一九一〇年以前といくら区切ったところで、日本の近代化が、日清戦争以来の侵略の歴史のなかで進められてきた事実を覆い隠せるわけではないよね。にもかかわらず日本は、これならば、韓国から強制労働の責任を追及されても、『時代が違う』の一言で躱せると、高を括ったということじゃない？」

「なるほどね。そうまでしても、日本は強制労働があったことを認めたくなかったということでしょう」

「そうだね。日本がそうやって強制労働を否定する背景には、韓国で進行中の損害賠償訴訟に対する懸念もあるらしいのね」

「損害賠償訴訟？」

　景子と沙絵子がまた同時に声を発した。

「そう。一九四〇年代に日本の軍需企業に強制的に徴用された被害者たちが、新日本製鉄の後身である新日鉄住金や三菱重工業を相手どった訴訟のことよ」

「へえ、知らなかったわ」

「わたしも」

美波はファイルを開いて言った。

「一審、二審では負けたのだけれど、二〇一二年に最高裁に当たる大法院がね、『個人の請求権は有効』との判断を提示し、審理を高裁に差し戻したんだって。で、翌一三年、ソウル高裁と釜山高裁は、それぞれ新日鉄住金と三菱重工業に賠償を命じたのだけれど、被告側はいずれも大法院に再上告したんだそうよ」

沙絵子には、これも初めて聞く話だった。

「じゃあ、裁判で原告側が勝つという可能性が、当然あるわけでしょう。わたしはもちろんそうなることを願っているけれど、勝ったとしても、そのとき、日本政府と関係企業がどんな態度をとるのか。いまの状況から考えると、暗澹たる思いがしてくるわ」

沙絵子が顔を曇らせてそう言うと、

「実はね、わたしも同じ思いだったのよ」

と、美波が応えたので、沙絵子は驚いて問い返した。

「だった？　じゃあ、今は違うという意味？」

「そうなの。それもね、この数時間のうちに、考えが変わったの。そういうことってあるのね。何かの拍子に人間の思考や感情が著しい変化を遂げるというようなことが」

「ああ、分かる気がする。わたしも対人関係でそういう経験をしたばかりだから」

沙絵子は岩城の名を出さずに、そう言った。

「そんなことがあったんだ」

沙絵子にそううなずいて見せてから、美波はこうも言った。

「それでね、国と国との関係にも、そういうことが起こったとしても、何の不思議もないし、まして悲観的に見たりする必要はまったくないのではないかって、思ったんだよね」

黙って耳を傾けていた景子が、感心したように言った。

「そうか、なるほどね。あのとき、『よく考えてみたい』、と言ってらしたことを、ちゃんと実行されたのね。立派だわ」

「いやだ、やめてよ。気持ちが悪い」

「あら、わたしはほんとうの気持ちを言っているのだけど。ところで、美波さんがそう考えた理由とか根拠についてお話しいただけますか」

すました表情でそう尋ねる景子に、美波は笑いながら口を開いた。

「そうね。それについては二つのことをあげられると思うわ。一つはね、あなたたちとの自由な語らいの時間を持てたからよ。だってね、とかく日韓の問題となると、比較的親しい友だちのあいだでも、なかなか話が噛み合わなくて、ギクシャクすることが珍しくないんだよね。だけどわたしたち、色々なところで顔を合わすわりにはそうお互いのことを詳しく知っている間柄というわけではないのに、ほんとうにまじめに、気取ったりせずに話し合えたじゃない。それがね、とても新鮮で、貴重なことに思えたんだよね。それは、お互いへの信頼があればこそだったんだなあって」

景子は「イエーイ」と歓声を上げ、手を二人の前へ差し出した。美波と沙絵子はそれぞれの手を景子の手に重ねた。

進行方向を背にして椅子に座っていた沙絵子は気付かなかったが、クルーズ船はいつの間にか、三菱重工長崎造船所の埠頭の辺りへ近付いているようだった。

「あっ、見えてきたよ。美波さんが何とやら言ったところが」

そんな景子の言葉に振り返ってみると、たしかに幾つもの巨大なクレーンが、遠くに見渡せるところまで来ているのがわかった。

「ほら、あなたが眠り込んでしまった辺りにきたから、よく見ておきなさいよ」

病院の事務長からの指示に従う患者のように、沙絵子は笑顔を浮かべながら、

「はい、かしこまりました」

と応えて、テーブルを離れ、船端の方へ歩いて行った。

そして、手すりに掴まって海面を覗き込んだ。高波が船べりを激しくたたきつけている。

沙絵子はそれを見つめていると、美波が高麗博物館の展示の前で釘付けになったという「強制連行と被爆―Sさんの証言」が思い出された。
十四、五歳だったSさんは、軍艦島の「堤防の上から朝鮮を見て、何度海に飛び込んで死のうと思ったか」と、そのなかで証言しているそうだ。実際に自殺したり、逃げようとして溺れ死んだ仲間たちを、Sさんは四、五十人も見てきたとも証言しているという。
Sさんはその後、軍艦島から三菱重工長崎造船所へ送られているそうだから、月に四、五人はいたという落盤事故の犠牲者も含めて、実際はどれだけの若者たちが命を落としたことになるのだろうか。

戦争に駆り出された日本人労働者の代替として、このような二十歳前の朝鮮人たちを強制労働に追いやったにもかかわらず、「日本人と同様の扱いにより徴用したにすぎない。だから強制労働には当たらない」、と平然と主張してはばからない日本政府。

いつの日か、強制労働があった事実を真摯に受け止め、韓国をはじめ関係諸国へ心から謝罪する日が訪れるのだろうか。

沙絵子は先ほど美波が、みずからの悲観的な考えが変わった二つ目の根拠として語った、日本の文化遺産登録が決定されたときの韓国政府の談話を反芻していた。その談話は、「強制労働という歴史的な事実をありのまま伝えるべきだという我々の立場を反映させた」とし、「互いに歩み寄り、対話を通じて問題を解決し、今後の両国関係の安定的な発展にもつながると思う」と述べたものだった。

美波は、「対話を通じて問題を解決する」姿勢こそ、国と国との平和と友好関係を築くための本道なのだ、と改めて認識したという。そうである以上、日本がいつまでも今のままでいられるはずはなく、いつか歴史の本道に立ち返る日が必ず訪れるはず。そう確信したとも言った。

沙絵子は美波の話を共感の思いで聞いていた。とりわけ、韓国政府の談話のなかにあるという「歩み寄り」と「対話」という二つの言葉は、沙絵子の胸深いところまで響いた。沙絵子が岩城との信頼を取り戻すために、怯みそうになる心をみずから鼓舞しながら挑んだのは、まさにこの「歩み寄り」と「対話」にほかならないのではないか。

実際に会って、向かい合っての対話でこそなかったとはいえ、五回にわたるパソコンでの言葉の交わし合いは、一方が応じなければ成立しないものであった以上、それは「対話」に等しい友好を回復させる貴重な働きかけであったのだ、と沙絵子はしみじみ思うからだった。

沙絵子はふと、岩城夫婦はどうしているだろう、と思った。彼は同居していた母親が亡くなったあと、別棟の家を建て、妻の両親たちを呼び寄せた。はじめはそれぞれ独立した暮らしを営んでいたが、気がつけば二人とも認知症が始まっていた。そんな両親をショートステイに預けての今回の旅。岩城は何より妻への慰労を優先したのに違いない。共働きのころから、妻と自分の二人分の弁当を作っていたという岩城のことだから。

そう、そんな岩城へのリスペクトの思いがあればこそ、わたしは彼との友好を回復し、ここへやって来られた。

そんな思いに揺さぶられながら、沙絵子は目の前に広がる、かつては日本最大の軍需工場であったという三菱重工長崎造船所の広漠たる佇まいに、じっと目を凝らしていた。

参考資料
『市民がつくる日本・コリア交流の歴史』（高麗博物館編、明石書店）
「被ばく71年　韓国・朝鮮人と日本」（高麗博物館発行）

あと、もう一作、『民主文学』に書いたら、本にまとめよう。『民主文学』に掲載された短編六作を収めた『トラブル』（東銀座出版社一九八九年九月刊）と、上巻『花冷え』、下巻『一夜飾り』を函入りにした『山形暁子短篇小説選』（民主文学館、二〇〇五年十二月刊）に続く短編集の出版である。そう思い立ったのは、いつのことだったろう。

『短篇小説選』の「あとがき」に、こんなことが書かれている。

「十年前、定年まであと五年を残して、私が銀行を退職したのは、生来、身体が弱く、健康を損なっていたためでもあったが、同時に、こうしたアメリカの支配下におかれた政・官・財の癒着構造をしっかり見すえた小説を書きたいという、より強い創作意欲に駆られてのことであった」。しかし、その思いを実らせることができなかったことをも正直に明かした。

その悲願達成への第一歩を刻むことができたのは、三年後、一念発起をして書いた「雨の日の不思議な夜」（本書では「元会長の死んだ夜」に改題）が、『民主文学』の二〇〇九年一月号に掲載されたときだった。

間もなく六十九歳になる私に、「連載をやってみないか」と、『民主文学』のN編集長から打診を受けたのもそのころだ。十数年来のC型肝炎患者であることを知った上でのNさんの声かけであったことに、私は胸を熱くした。

九〇年代後半、ビッグバンの嵐が吹き荒れる金融再編成下の大銀行を舞台に、女性たちの働く権利と平等を切り開く闘いを、時代的スケールのもとに描いてみたい。十数年来の悲願に重なるその思いは、二〇〇九年六月号より二〇一〇年六月号までの十三回にわたる「女たちの曠野」の連載によって果たされた。

ふたたび私が、みずからを崖っぷちに追いやることになったのは、二〇一六年五月号の『民主文学』に、七十枚の「断絶を乗り越えて」(本書では「別離の後もなお」に改題)が掲載されてから半年ほど経ったあとのことだ。

半年後に喜寿を控えていた私は、その記念に短編集の出版を考えていた。手元にある短編と掌編とで、出版は十分可能であったにもかかわらず、私は「もう一作書いたら」にこだわり続けた。その結果、パソコン上での「書いては消し」を繰り返した「軍艦島へ」は、脱稿まで二年を要した。それだけに、「軍艦島へ」を本書に収録できたことを嬉しく思う。

私の七冊目の著書となる本書の出版にご尽力くださった北村隆志さん、宮本阿伎さんほかみなさんに、心からのお礼を申し上げたい。

二〇一九年十一月

山形暁子

解説　山形暁子・人と作品

宮本阿伎

本書は、山形暁子さんの七冊目の著書にあたります。短編小説集としては、一九八九年に刊行された『トラブル』（青磁社）、二〇〇五年刊行の『花冷え』と『一夜飾り』上下二冊からなる『山形暁子短篇小説選』（民主文学館）についで、四冊目となります。

長編は、一九九五年三月下旬から十一月下旬にかけて「赤旗」に連載された『家族の小径』（一九九八年／民主文学自選叢書）、『民主文学』二〇〇九年六月号から翌年六月号まで連載された『女たちの曠野』（二〇一〇年／新日本出版社）の二著です。加えて、「しんぶん赤旗」（前掲「赤旗」改称）や『民主文学』に執筆した映画評や書評、『住民と自治』に連載したエッセイほかを集めた『愛と平和と文学に生きる』（二〇〇六年／本の泉社）があります。

本書に収録された作品は、先に紹介した上下二冊本の短編小説集以後に、『民主文学』に発表された七編と、「しんぶん赤旗」に発表された掌編小説のあわせて八編で、二〇〇七年から、二〇一九年の十二年間にわたり執筆・発表された作品です。

この期間の山形さんの仕事は、もちろん以上にとどまりません。支部長を務める日本民主主義文学会下総支部（一九九六年四月結成）の支部誌『しもうさ』（現在十四号まで発刊）に小説やエッセイを執筆しておられますし、この期の前半には、集大成ともいうべき『女たちの曠野』の連載と単行本化（新日本出版社）が果たされています。

『山形暁子短篇小説選』の下巻『一夜飾り』の巻末の牛久保建男さんの解説は、次の言葉で結ばれています。「過去からの日本文学の流れの中で、女性として職場で不合理と差別とたたかいぬき、さらに妻として母として頭をあげて生き、書き続けてきた作家はそう多くはないといっていいだろう。その意味で彼女は先駆けの一人である。山形暁子という作家を持ったことは、民主主義文学運動にとってだけ大きな意味をもつのではない」。私はこの文章を初めて読んだとき思わず膝を打ちました。山形さんへの注目を一層強く促された瞬間でした。

民主主義文学運動においては、働き、たたかいつつ書く、という作家のあり方は当然のように思われがちです。私もそのように思ってきた一人かもしれませんが、「そう多くはない」と述べる解説を読み、あらためて納得させられたのです。むろん山形さんがこのように評される作家になり得たのは、民主主義文学運動との出あいをぬきにしては語れません。大手都市銀行で働き、男女の賃金格差や昇格差別の是正を求めてたたかい、妻として母として矜持をもって生き、書き続けてきた作家は、確かに多いとは言えないのです。民主主義文学運動の外に目を向ければ、なおのこと、このような女性作家を見つけることは難しいのではないかと思われます。

私はかつて津島佑子さんと対談（『民主文学』二〇一五年四月号「『ヤマネコ・ドーム』に込めた思い」）をさせていただいたとき、彼女から結婚まで法律に縛られる必要はない、私はそれを官製はがきの結婚と呼ぶの、と言われました。結婚制度について、それは女性問題ともつながっていくのだけれども、もっと多様で自由でよい、と言われるのですね。作品では正面から書いてないけれど、一対一の関係も考えていないと。『ヤマネコ・ドーム』という作品は幼馴染の、ヨン子という女性とミッチとカズという男性二人の仲良し三人組が「主人公」です。私は対談を終えてこのくだりを校正しながら、津島さんにもう少しご意見をお聞かせいただきたいというような個人的な手紙を書いたのですが、結局野暮なことはすまいと考えて出さずじまいでした。

もっと自由で多様でよいということに大賛成だけれど、それには男女の制度的な不平等、賃金格差などをなくさないと無理なのではないかと。百も承知と一蹴されたと思いますので出さなくてよかったと思いますが、女性の自立論議ではいつも気になるところです。文学的思考とかレトリックというものがありますから、津島さんの言われることを杓子定規に理解してはなりません。同時に、私が山形さんの小説から日本の労働の場における女性の賃金差別や昇格差別の実態について多大に学ばせていただいたことは確かですし、女性の自立、自由を裏付けをもって描く重要な視点だと強調したい思いにも駆られます。

もう一つ、山形暁子という作家の誕生をうながしたものは、山形さんが小説を書き始めようとしたまさにその背中をおすように、男女の完全な平等を求める声が世界の隅々に湧きおこり、国連においてそれを統合し差別をなくすために効力のあるものにしようという動きが強まったことです。

一九七五年の国際婦人年は、国連婦人の十年（一九七六年～八五年）へと続き、女性に対するあらゆる差別を撤廃することを基本とする女性差別撤廃の取り組みが先進国と途上国の要求を統合し世界的規模でめざされる時代が到来しました。七九年、国連総会で「女性差別撤廃条約」が成立、日本では六年遅れて八五年にこれを批准し、男女雇用機会均等法を制定、八六年から施行されました。

この法律が「女性差別撤廃条約」とあまりにもかけ離れた内容をもつものであったことは、まさに山形さん自身が身をもって知り、たたかい、文学の主題として追求してきたことにほかなりません。「この問題点をはらむ均等法を逆手にとって作り上げられたのが、銀行や商社に導入され、後に一般企業にまで拡大されたコース別人事制度だった。これは、

『女だから』という理由では、表立って差別ができなくなった企業が、男性は総合職、女性は一般職に振り分けることで、男女差別を外から見えないようにすること（間接差別）をねらったものであった」と山形さんは書いています（「『女たちの曠野』にたどりつくまでの旅」／『しもうさ』二〇一〇年八月号）。

山形さんの出発期をもう少したどっておけば、一九八三年十二月号の支部誌・同人誌推薦作品特集に「灯」（『ならしの文学』）が掲載されたのが、山形さんの『民主文学』への初登場でした。山形さんは一九四〇年東京生まれですが、四十一歳でようやく二十六、七歳の男性と肩をならべたことになる、事務の最上職（主事補）への昇格を四年がかりで勝ち取った経験を描いた作品でした。以後「働き、たたかい、書く、は私の生きるスタンスとなっていた」（「『女たちの曠野』に込めた私の思い」／『女性のひろば』二〇一一年三月号）と山形さんは振り返っています。

「灯」は第一創作集『トラブル』に収録されましたが、一九八七年新年号に出世作「トラブル」が掲載され、一号あけた三月号の巻頭にルポルタージュ「金融自由化の荒波の中で―男女雇用機会均等法下の女子行員」が掲載されました。「編集後記」に「現場に身をおく銀行員作家の力強い報告」（土井大助）と紹介されていますが、ルポルタージュが巻頭に載ることはめったにないことです。その出来映えがどれほど瞠目されたのか、そのことを物語る証だと思います。

八六年男女雇用機会均等法が施行されると、この法律を骨抜きにする「コース別人事制度」が山形さんの勤務する銀行にも導入されたのです。山形さんは労働契約の不利益変更であり違法である隔地転勤を拒否して、「総合職」を選択しました。銀行は施行日の前夜まで「一般職」しか出せないと言い張っていたのですが、翌朝、山形さんが手にしたのは「総合職」の発令だったのです。このたたかいのプロセスを報告したのが、同ルポルタージュでした。

他の支店の仲間たちと連名で頭取宛の隔地転勤を拒否する旨の要請書を内容証明便で出すなど、裁判闘争も覚悟してたたかったからこその勝利（その折は十名に総合職の発令がなされた）でしたが、「支店長代理」の名刺こそ渡されたものの、その後の仕事は派遣社員とほとんど変わらないものであったそうです。

問題をはらむ雇用機会均等法のもとにあって、日本の労働現場ではジェンダー平等は今以て実現されていないことは論を俟たないところだと思います。社会全体に対して言う、いわゆる「ジェンダーギャップ指数」は、二〇一九年版報告によれば一五三カ国中日本は一二一位という低さです。山形さんが文学のテーマとしてきたのは、繰り返して言えば、男女の賃金格差の是正など労働の場でのジェンダー平等をめざすたたかいであり、同時に男女格差や女性の低賃金を温存し男女平等社会の実現に背を向け続ける日本の社会、政治のあり方への異議申し立てです。山形さんの追求はいまなお新しいと言えると思います。

本書収録の作品は、山形さんが一九九五年六月、定年まで五年を残して三十六年間働いた銀行を退職して以後十二年以上を経た二〇〇七年以降に書かれています。したがって実際には、働き、たたかい、書くというスタンスで書いた作品ではないのですが、その精神は健在と言うべきです。同時にこの時期ならではの特色もあります。作品に即して述べてゆきたいと思いますが、もう少し前置きとして言いたいのは、山形さんが定年を待たずに退職したのは、健康上の理由もありましたが、金融再編成の進む大銀行を舞台に「コース別人事制度」の本質に目を届かせる、時代的スケールの小説を書くことを念願してのことでした。

ところが退職予定日の七ヵ月前、二十四年間連れ添った夫とのあいだに破綻が生じていることに山形さんは気づかされたのです。夫とともに経営の理不尽とたたかう女子行員の物語「家族の小径」の連載準備をしているさなかのことでした。退職の日、たくさんの花束を抱えて帰宅した山形さんに、もう一つ、夫からのバラの花束が待っていました。「それは、三十六年余の勤続を慰労するための花束というよりも、私との、最後の、別れの花束にほかならなかった」と「『女たちの曠野』にたどりつくまでの旅」前出）そのほかに回想されています。

退職後、〝私の人生に驟雨のように訪れた〟離婚やその後の身辺に発生する苦悩や葛藤を描く小説に自分なりに真剣に打ち込んできた積もりではあったものの、定年まで五年を残して退職したのはそうした小説を書くためではなかっただろうと自身を問い詰め、心機一転、退職して実に十四年後の二〇〇九年に「女たちの曠野」の連載を開始しました。この年は「女性差別撤廃条約」が国連総会で採択されてから三十周年を迎える節目の年であったこと、「男女雇用機会均等法」とはいったい何であったのかを問う小説となったことに感慨を覚えずにはいられないと、山形さんは「『女たちの曠野』に込めた私の思い」に述べています。

『女たちの曠野』は、一九五九年に入行した作者と等身大の「わたし」こと径子の高校時代から始まる六年間の自己変革のプロセスを描く物語と、径子の退職（九五年）後の、九七年から二〇〇三年初夏までの六年間の芙由子、真樹、なつみらの「コース別人事制度」をめぐるたたかい、さらに「就職超氷河期」に就職する二十歳の聡美の物語とを重層的に追う小説でした。

「この長編小説は、九十年代後半、ビッグバンの嵐が吹き荒れる金融再編成下の大銀行を舞台に、女性たちの権利と平等を切り開くたたかいをテーマに描いたものであった。／もっと具体的に言えば、八六年に導入されたコース別人事制度という雇用管理によって、男女賃金格差是正が、いかに阻まれたかを、女性たちのたたかいが明らかにしていく、そのみちすじを描こうとしたものだった」（「『女たちの曠野』に込めた私の思い」）と語られていることからも、三人の女性たちの物語がその中心であることは明瞭です。

長編の最後に「同じ（二〇〇三年…引用者註）七月、国連の差別撤廃委員会は、日本政府にたいして、コース別人事制度は間接差別に当たるとして、是正を勧告した。／『世界でもっとも富裕な国の一つである日本の女性の地位の変化の速度が、いらだちを覚えるほど遅い』、とまで指摘されたという」という記述があります。続けて「こんな世界の流れに反するような人事制度は、いつか遠くない日に、きっと廃止されるに決まっている。梅雨明けの空を仰ぎながら、芙由子はそう思った」という描写で物語は閉じられていますが、職場を離れて十数年を経たにもかかわらず、たたかいの継承と巨大化してゆく銀行の今日の姿をとらえようとした山形さんの粘り強さは賞賛に値すると思います。主に自分の体験に即して小説を組み立ててきた山形さんが、たたかいを引き継いだ自身の後輩たちにあたる女性たちを主役に据えた物語の創造に挑み、脱皮を試みたからこそ、いま私たちは山形さんの新しい小説集を手にすることができたように思うのです。

本書収録の作品は、「しんぶん赤旗」二〇〇七年八月二十一日付に掲載された掌編小説「針の穴」以外はすべて『民主文学』に発表された作品です。「元会長が死んだ夜」は、『民主文学』二〇〇九年一月号に発表された「雨の日の不思議な夜」を改題した作品ですが、『女たちの曠野』の連載準備を開始する直前に書き上げられました。これから書く長編の「プロローグ的な位置づけを与えたい」という意志が働いていたかもしれないと山形さんは述べていますが、『女たちの曠野』にも描かれている、一九九七年に起きた金融史上最大のスキャンダルと言われた、第一勧業銀行の総会屋への巨額不正融資事件に取材した作品です。

山形さんの小説の魅力の一つに銀行内部のいきいきとした描写が挙げられますが、この小説も「銀行の一階営業場の奥まったところに、ガラス張りの小さな部屋がある。回金室と呼ばれる、その部屋は、窓口担当者《テラー》やATMなどへの現金出納を統括的におこなう部署であった」と書き出され、事件が明るみになって以来「もう一カ月以上もかつてない預金流失が続いている」状況が回金室を中心に映し出されています。

この小説のもう一つ優れているところは、思想差別の処遇として二十六年間も回金室に限って働かされている、定年を間近にした須賀の視点から、実在した一大企業犯罪が描かれていることです。国会に頭取や元会長の鹿島晃次が参考人として呼ばれ日本共産党の議員の追及を受けた一問一答を「しんぶん赤旗」で読んだ須賀は、二十六年前の鹿島の言葉を思いだします。

当時須賀が在籍した神戸支店の次長だった鹿島から「きみの企業にたいする考え方は変わらないのかね」と問われ、「変わりません」と須賀は答えますが、その一週間後東京への転勤の発令が出たのです。鹿島は送別の席を須賀のために設け、「信念を貫くということは立派なことだ。行く道は異なるが、わたしは陰ながら応援するよ」と肩に手を置いて言ってくれたのですが、以後二十六年間、支店は二つ変り三店目であるものの回金室に閉じ込められっぱなしなのです。

東京地検特捜班による捜査の進展に伴い不正融資事件は拡大の一途をたどり、次期頭取候補など幹部の逮捕者がすでに十人にのぼっているなか鹿島が首吊り自殺を遂げます。小説の後半は須賀の家庭が舞台となり、妻と娘に須賀が事件について語るという設定です。

大光銀行は、「金融ビッグバン」という名の、政・官・財が一緒になってやろうとする国家的リストラのシナリオづくりの網にかけられたのだ、金融ビッグバンとはいまある都市銀行を三行か四行にしてしまおうとアメリカが日本にやらせようとしていることで、「存亡の危機に見舞われる銀行を、どうしてもつくりださなければならない」、そのために、大光がねらわれたのであり、総会屋と金融機関の癒着は今に始まったことではなく、大光がおこした莫大な額の不正融資事件は氷山の一角に過ぎず、鹿島の自殺はその腐敗の構図に捜査のメスを入れずに事件を打ち切る役割を果したのだと。

山形さんは、作中のこの須賀の解釈の正しさを証明するものとして、現実世界に起きたことを次のように伝えています。

「それから、二年後に、第一勧銀、富士、興銀の三行統合が発表されるのである。／それを皮切りに、それまで十二行（信託銀行、長期信用銀行を併せると二十三行）あった都市銀行はやがて三メガバンク体制に再編されていく。そして、巨大化した銀行は、本業をかなぐり捨て、そこに働く労働者と国民を犠牲にして、カジノ経済への道をひた走っていく」（『女たちの曠野』にたどりつくまでの旅」）という内容ですが、かつて働いた銀行に起きた巨額不正融資事件を、思想差別をこうむっている労働者の側から描き出す方法をこの作者でなくて誰が思いつくことでしょうか。

山形さんは、金融業界の腐敗の構造を暴露したこの事件を自分なりに書き残しておきたいと思ったのだとモチーフを明かしてくれました。人間味ある一面をもちながら「巨大な闇の勢力に理性をねじ伏せられ、屈服せざるをえなかった」一企業人の死を気迫を込めて描き切ったと言えると思います。

掌編小説である「針の穴」も社会的事件を扱う山形さんの技量の確かさを感じさせる作品です。二十二年間におよぶ賃金・昇格差別撤廃をかかげた名路乳業市川事件のたたかいは四度目も敗訴に終わった、という場面から書き出されています。判決文には差別の実態や賃金格差、名路乳業の不当労働行為が明らかにされているのに、「除斥期間」なるものによって退けられたのです。会社側はその前になされた和解勧告にも頑なに応じませんでした。争議団の人々はすでに六十歳を過ぎて職場を離れており、六人がこの世にいないと書かれていますが、山形さんは『民主文学』二〇〇七年三月号にルポルタージュ「このまま人生終えられない―明治乳業争議団22年のたたかい―」を書いています。支援者として裁判を傍聴し、株主総会にも株主となって参加し、取材も行い同ルポを書いたと言いますが、掌編小説としての完成度の高さは、このような裏付けがあればこそだと思います。

以上二編は、身辺に発生する苦悩や葛藤を描く小説を否定し去るわけではないが、そこに安住すべきではないと考える作者が初心にかえり『女たちの曠野』の連載に挑戦した、その助走の役割を果たした作品と位置付けることができます。社会派作家の面目躍如たるものがあります。

「針の穴」とほぼ同じ時期に執筆された「息子の背中」も身辺に取材しながら、文学における社会性を確保しようとする作者の腐心の跡が見える作品です。息子の亮は、人工透析を必要とする身体障害者であることに甘んじて生きることを自分に許さず、「わたし」と娘の住む家を離れて一人で暮らし、コンビニエンスストアで働く、潔癖すぎるほど自立心の強い人物です。亮はある日、渋谷の路上で警官に呼び止められ、職務質問を受けます。ただ歩いていただけの人間が四人の警官に取り囲まれ、カバンの中身まで調べられるのは人権侵害以外の何ものでもないと憤り、毅然と抗議する孤独な若者の姿が名状しがたい思いを誘う作品です。

「息子の背中」もふくめ、「耕ちゃんダンス」「秋の知らせ」は山形さんご自身のお子さんやお孫さんに取材して描いた作品といえます。その成長を見守り応援する実力ある母としての姿の一方に、退職と同時に夫の「背信」により離婚にいたった作者の「挫折」の体験や心境の反映もあり、心許なさや悲しみが時として滲む陰影に富む作品群です。

「耕ちゃんダンス」は、二人目の子どもの育児休業を終えて仕事に復帰して間もない娘奈美から、耕太が何の前ぶれもなく、バタンと後方へ倒れてしまうのを昨日五回も繰り返したので、医者には異常はないと言われたが、明日のピクニックは見合わせようと思うという電話がかかった、その翌朝の描写から始まる小説です。耕太は四歳になった奈美の上の子です。「生後三カ月のころ、アトピー性皮膚炎なのか、そうでないのか、分からないまま、極度に身体を衰弱させ、通算三カ月余にわたる二回の入院を余儀なくされたことがあった」のです。その頃は奈美の一家は冴子の家に同居しており、冴子は耕太の入浴を毎夜手伝ったのです。湯上りのときにだけ見せる痒がって身体をくねくねさせる動作を冴子と奈美が「耕ちゃんダンス」と呼んだのです。生後間もない子の顔が赤黒く腫れあがり、体重が減少してゆく事態に必死で立ち向かっている娘を見守るしかない母の思いは切なく身につまされますが、決してそこに終始している小説ではありません。

それはピクニックが中止になった朝の描写にも現れています。庭木に水をやりながら、三十四年前、この家へ夫の両親とともに六人で転居してきたとき、義母が植えた、松の木を冴子が見上げる場面です。「義母は二十二年前、八十一歳で世を去り、その五年後にこの家を出た夫も、二年前に帰らぬ人となっていた。奈美の三年上の兄が、東京で二度目の一人暮らしを始めてからも九年半の月日が流れていた」と描かれていますが、家族の変転を見て来た松の木は昨秋以来とどまることなく茶褐色に枯れた松葉をまき散らしています。だがよく見ると「茶色に傷んだ葉の固まり」は下のほうに限られていて、「上のほうは新たに伸びたことが一目で分かる黄緑の葉先を屈託なげに空に向けている」。松の木の内部では、「生へといざなう清新さあふれる勢力のほうが、はるかに優勢なのかもしれない」と冴子はそこに救いを見出しています。昨年の福島第一原発の事故で拡散した放射能のせいでもあるまいし、と冴子は思いながら枯れ葉の掃除はまたということにして家のなかに入ります。

子や孫に惜しみなく援助の手を差しのべても、そこに溺れてはならないと身を引き締めるのは、高齢者にも自己責任論など喧しい現代では思えば当然のことなのです。小説は「おばあちゃん、バスがきたよ」という耕太の大きな声で終わります。メールが繋がらず様子を見に来た冴子は〝娘一家とともにバス停まで送ってくれた耕太の元気さを見て逆に励まされる〟と当時文芸時評で三浦健治さんが述べていられますが、出色の評言です。

「秋の知らせ」は、六歳と三歳の息子を抱えて国の出先機関であるハローワークで働く三十八歳の「私」（早川由里）が主人公の小説です。雇用保険給付課という職場で「私」は二つの係長を兼務しています。はじめは二つある係のうち給付係長だけだったのですが、継続給付担当の長峰係長が産休にはいったからそちらの係長も引き受けざるを得なかったのです。「定員管理」という規則があり、減員にならない限り職員の補充はしない決まりだからです。

さらに重ねて四月に赴任したばかりの久保田課長がうつ病にかかり二カ月の休職届が出されたので、課長は次長が代行しやはり職員の補充はしないので、二つの係長を兼務する「私」に一切のしわよせがきます。残業が日課となり、学童と保育園の迎えにはオートバイを買って何とか凌ぐ綱渡りのありさまです。久保田課長の休職は延長され、「私」はオーバーワークがたたり夏季休暇の初日ついに倒れてしまいます。

夫の雅史は出張中で、「私」の母親が二泊三日の旅行をとりやめて手伝いに来てくれますが、「私」は後日心療内科で「パニック障害」と診断されます。かつて大手都市銀行に勤め、女性が病気になっても働き続けようとすれば追い出しにかかる銀行とたたかわなくてはならなかった母は、制度的保障のある現在なら休職をとるべきだと勧めます。「私」は二カ月休んで復帰しても職場が同じ状況ならまた休まなくてはならなくなると考え、気がすすみません。ふと労働組合の分会役員の清水に六月からの尋常ではない給付課の状況について相談したとき言われたことがヒントになり、課長が休職に入ったころ代わりに出るように言われていた管理者会議に出て自分で実状を訴えることにします。十月から新しい課長が赴任してくる知らせが舞い込むところで小説は終わりますが、幼い二児を抱える母であり妻である国家公務員の現代の職場状況に迫った貴重な作品と言えます。

「黄昏どきの街で」は、「私」(柚木)が遅い朝食をとっていたとき、町会の梅沢さんがやってきて、町内で防犯パトロールを実施することになったからご協力をと伝えます。その時に感じる「私」の違和感や、斜向かいの篠原さんの家のおばあちゃんが、「二年ほど前から同居するようになった二男の息子から激しい虐待を受けている」ことを知りながら、助けてあげることができないもどかしさを描いた小説です。篠原氏の正体はとうとう分からずじまいですが、現代の不穏な空気を逆手にとって、住民が住民を取り締まる戦前の思想の忍び寄りに警戒心を働かせる主人公の機知にとんだ振る舞いを軽妙に追う作者の芸の細かさが味わいどころです。

最後に「別離の後もなお」と「軍艦島へ」の二作にふれたいと思います。一見異なる主題をもつ二作に見えますが、人と人、国と国とが断絶を乗り越えて互いの立場を尊重し平和な関係を築くにはどうしたらよいのか、このことを問おうとする作者の問題意識において両作品は共通しています。

「別離の後もなお」は、『民主文学』二〇一六年五月号に発表された「断絶を乗り越えて」を本書への収録にあたり改題した作品です。主人公沙絵子の許に、二十年前に離婚し、五年前に心臓発作で他界した圭介の姉の頼子から、自分は膵臓がんの末期にある、一度会いに来てほしいと電話があり、沙絵子が息子の克己と、頼子の家を訪れる場面から始まります。

圭介が他界したことを真っ先に知らせてくれた頼子でしたが、圭介と沙絵子が別れることになる五年前に頼子との関係は絶たれていました。結婚以来、圭介の両親と同居してきた沙絵子ですが、義母が脳梗塞の後遺症により入院生活二年半のうち一年半を無意識のまま過ごして旅立ったその形見分けの席で、頼子の姉の敦子が遺産はないかと圭介を問いつめます。年金は自由に使ってもらっていたし、自分が渡していたお金も墓のリニューアルに使ってくれたようで残りのお金は病院への支払いで終わったと圭介が答えると、沙絵子に非難の矛先を向けてきました。

あなたのおかげで母は不幸になった、銀行をやめてなぜ母を看なかったのかと言い募るのにたいし、圭介が怒り、今後も我々の家に不当な干渉を続けるなら今日を限りお付き合いをやめさせていただくと縁切り宣言をしたのです。敦子は二枚組の布団を包むような大きな風呂敷を広げて、沙絵子がきれいに座敷に並べておいた形見分けの着物や帯を一つひとつ拾い上げては風呂敷の上に投げ落とし十文字に結び、玄関まで引き摺るように運んですべて持って帰ってしまったのでしたが、敦子はそれから一年程してがんノイローゼにかかって衰弱死します。

頼子は、圭ちゃんはあなたのことを一度だって悪く言うことはなかったと話の口火を切り、敦子の後ろに金魚の糞のようについていて何もできなかったこと、母が「沙絵子さんは根はとってもいい人、長く付き合っていれば分かる」と語ったその言葉を誰にも伝えていなかったことなどを詫び、また身体障害者となった克己のことを相談する沙絵子の手紙にどう返事をしたらよいか、圭介から相談されたことがあったこと、真美（克己の妹）の結婚祝いに圭介が出した手紙を結婚披露の席で克己が代読するのをビデオで見て圭介が目を潤ませていたことなどを話し、最後に頼子の息子の信之が妻とうまくいっていないので、圭介との離婚時に公正証書を書いてもらったという弁護士さんを紹介してもらえないかと頼みます。

「たとえ夫婦の絆は失われても、なお失われずに残っているもの。頼子はそれを圭介と沙絵子のあいだに見てくれたからこそ、五年前、圭介との永遠の別れの場に沙絵子を招いてくれたのに違いなかった。／そうして二十年の断絶を経て、頼子とふたたび繋がることができたからこそ、沙絵子が知らなかった圭介に巡り会えた今日という日があるのだ」と末尾近くに語られています。作者がこの小説で言いたかったことは、ここに言い尽くされていると思います。

あえて付け加えるならば、小説の中心におかれている逸話は形見分けの席の親族の対立ですが、圭介が「あれこれ言ってくるのは、もはや助言でもなければ、忠告でもない。我が家への不当な干渉以外の何ものでもない、とぼくは思うのです。家と家との関係は、国と国とがけっして相互の主権や独立を侵してはならないのと同じように、みだりに干渉するようなことがあってはならないのです」と決然と言いきった、この言葉こそ沙絵子のなかに失われずに残っている圭介への信頼と愛情の根拠とされてきたものではないでしょうか。ここまでして自分をまもってくれた人をどうして忘れることが出来るでしょうか。

「軍艦島へ」の主人公の名も牧村沙絵子、「『M文学会』I支部」の支部長を務める作家です。事務局長の岩城と支部誌の発行をめぐる意見の違いから激烈な口争いになってしまったことがあったのですが、信頼関係を取り戻すことができた後、共に参加するI市の演劇鑑賞会で結成以来会長を務める岩城から、長崎ツアーを組むので参加しないかと誘われたのです。市民と野党が初めて全国規模で選挙協力をおこなった参議院選挙が七月十日にあった直後の八月三日から二泊三日、一行十二人で長崎に向かい、二日目、沙絵子もふくめて「軍艦島上陸クルーズ」にあらかじめ申し込んでいた九人は、長崎港からクルーズ会社の高速船で軍艦島へと向かう航路をたどります。

沙絵子は軍艦島という島があることも、昨年（二〇一五年）七月、「明治日本の産業革命遺産―製鉄・製鋼、造船、石炭産業―」の構成要素の一つとして世界文化遺産に登録されたことも知らなかったのですが、軍艦島に上陸してからの見聞が事細かに描写されています。沙絵子の驚きはとくにガイドが明かした「軍艦島といえば、誰もが高層建築の廃墟を連想されると思います。ですが、ユネスコへ提出する推薦書には一九一〇年までのものという下限があるそうですので、大正、昭和に建てられた建物がほとんどの廃墟は登録対象にはなっていないのです」という点です。何が登録された資産かと言えば、一つが明治時代に海底に掘削された第二竪穴坑で、現在これは安全上公開されていないこと、もう一つが島の周囲の至る所に残る明治期の石積護岸だとガイドは説明します。このあと小説は、「軍艦島上陸クルーズ」九人のリーダー役を務める元高校教師で演劇鑑賞会の副会長でもある美波の投げかけた日本と韓国の問題について、美波もふくめた沙絵子たちの船上での語らいを映し出しています。

その日の午前中に訪れた平和祈念像に関連して、広島・長崎の全爆死者のうち六人に一人が朝鮮人であったこと、端島（軍艦島）にも朝鮮半島から強制連行され、多くの朝鮮人が働かされていたことなどについてです。美波が旅の前に出掛けて行った、新宿にある高麗博物館の展示を見て釘付けになったという「強制連行と被爆―Sさんの証言」が紹介されていますが、十四、五歳だったSさんは端島へ連れて来られて働き、その後三菱重工業造船所へ送られて、十六歳になった八月九日、ドックの作業中に被爆し、落下してきた鉄板で足に重傷を負ったという証言がなされているそのなかに「端島へ強制連行された朝鮮人たちへの過酷な労働と非人間的な扱いを怒りを込めて告発している箇所があった」と書かれていることなど、興味深い内容が続きます。

「沙絵子は先ほど美波が、みずからの悲観的な考えが変わった二つ目の根拠として語った、日本の文化遺産登録が決定されたときの韓国政府の談話を反芻していた。／その談話は、『強制労働という歴史的な事実をありのまま伝えるべきだという我々の立場を反映させた』とし、『互いに歩み寄り、対話を通じて問題を解決し、今後の両国関係の安定的な発展にもつながると思う』と述べたものだった」

「美波は、『対話を通じて問題を解決する』姿勢こそ、国と国との平和と友好関係を築くための本道なのだ、と改めて認識したという。そうである以上、日本がいつまでも今のままでいられるはずはなく、いつか歴史の本道に立ち返る日が必ず訪れるはず。そう確信したとも言った」

こうした美波の話を、沙絵子は共感の思いで聞いたと描写されています。

それは岩城との信頼関係をとりもどすために沙絵子自身「歩み寄り」と「対話」を心がけたことに通じるものです。岩城がこの旅に両親の認知症に悩む妻を慰労するため彼らをショートステイに預けて夫妻で参加していることにも思いを馳せ、そんな岩城へのリスペクトもあればこそ彼との友好を回復し、この旅に参加することができたという思いに沙絵子は揺さぶられながら、目の前に広がる、かつて日本で最大の軍需工場であったという三菱重工業長崎造船所の佇まいに目を凝らすという描写でエンディングにいたる小説です。

「別離の後もなお」と「軍艦島へ」がともに、断絶を乗り越えて人と人とが、国と国とが互いに相手の立場を尊重し、相手の主権や独立を侵さず、みだりに干渉せず、友好と平和の関係を築いてゆくことを理想とする、山形さんの生涯的な願いを通奏低音におく小説であることを述べて、この長すぎる解説を閉じることにいたします。

初出一覧

元会長が死んだ夜　『民主文学』二〇〇九年　一月号
「雨の日の不思議な夜」改題
針の穴　「しんぶん赤旗」二〇〇七年八月二十一日付
息子の背中　『民主文学』二〇〇七年　十月号
耕ちゃんダンス　『民主文学』二〇一三年　一月号
黄昏どきの街で　『民主文学』二〇一四年　二月号
秋の知らせ　『民主文学』二〇一五年　五月号
別離の後もなお　『民主文学』二〇一六年　五月号
「断絶を乗り越えて」改題
軍艦島へ　『民主文学』二〇一九年　五月号

山形暁子（やまがた　あきこ）

1940年生まれ。

都立白鷗高校卒、大手都市銀行で36年間働く。

作家、日本民主主義文学会会員。

『トラブル』（青磁社）、『家族の小径』（東銀座出版社）、『山形暁子短篇小説選』上下巻（光陽出版社）、『愛と平和と文学に生きる』（本の泉社）、『女たちの曠野』（新日本出版社）など。

現住所＝千葉県市川市市川2-24-11

民主文学館

軍艦島《ぐんかんじま》へ
2020年2月3日　初版発行

著者／山形暁子
編集・発行／日本民主主義文学会
〒170-0005　東京都豊島区南大塚2-29-9　サンレックス202
TEL 03(5940)6335
発売／光陽出版社
〒162-0811　東京都新宿区築地町8
TEL 03(3268)7899
印刷・製本／株式会社光陽メディア

ISBN978-4-87662-625-0 C0093
